EX-
LIBRIS
Ingrid Bressler

W0362009

Walter Wippersberg

DIE IRREN
UND DIE MÖRDER

Roman

Walter Wippersberg

DIE IRREN UND DIE MÖRDER

Roman

OTTO MÜLLER VERLAG SALZBURG

Die Deutsche Bibliothek – CIP-Einheitsaufnahme

Wippersberg, Walter J. M.:
Die Irren und die Mörder : Roman / Walter Wippersberg. – Salzburg : Müller, 1998
ISBN 3-7013-0973-6

ISBN 3-7013-0973-6

© 1998 OTTO MÜLLER VERLAG SALZBURG–WIEN
Alle Rechte vorbehalten
Umschlaggestaltung: Leo Fellinger
Satz: Fotosatz Rizner, Salzburg
Druck und Bindung: Wiener Verlag, Himberg

1

Der Verdacht, falls es überhaupt schon einer gewesen ist, eher die Vorahnung eines Verdachtes, ist zum ersten Mal am neunten Mai aufgetaucht«, sagt Martha Dressler. »Jetzt weiß ich natürlich, daß mir viel früher schon etwas auffallen hätte müssen, aber …«

Der Beamte auf der anderen Seite des Schreibtisches unterbricht sie: »Sie haben vorhin von einem regelrechten Todesurteil gesprochen …«

»Ja«, sagt Martha Dressler, »es klingt unglaublich, wahnwitzig, absurd … aber sie haben mich offenbar tatsächlich zum Tod verurteilt. Ich weiß nicht, ich war ja nicht dabei, aber es muß so was wie eine Verhandlung gegeben haben … Verrückt, nicht? Sie haben abgestimmt: Zwei zu eins gegen mich. Wegner hat dagegen gestimmt, aber mich dann, wie soll ich sagen?, doch zur Ermordung freigegeben, das heißt … Nein, so kann man es nicht sagen, er hat mich ja gewarnt …« Sie nimmt einen Schluck vom inzwischen kalten Kaffee, dann sagt sie: »Die sind verrückt, das sind Irre. Gemeingefährliche Irre. Und acht Jahre lang hab ich nichts bemerkt. Ich begreif's nicht, daß mir nie was aufgefallen ist. Erst an diesem neunten Mai. Aber auch da hab ich natürlich noch nicht wirklich gewußt, was das … Den Tag weiß ich aus zwei Gründen ganz genau, erstens war da am Vortag, das war ein Mittwoch … Wie soll ich sagen? Ein privates Ereignis, das mit dieser Sache nichts zu tun hat … Zweitens, und deswegen kann ich das Datum mit hundertprozentiger Sicherheit sagen, ist der neunte Mai der Geburtstag meiner Mutter, sie wäre in diesem Jahr sechsundachtzig geworden. Auf dem Wohnzimmertisch«, sagt Martha Dressler, »hat eine Kerze für sie gebrannt.«

Wegner kam an diesem Abend, wie es seit acht Jahren Donnerstagbrauch war, direkt aus der Apotheke zu ihr, kurz nach halb sieben. Das Auto, seinen dunkelblauen Daimler, den jeder in der Stadt kannte, ließ er wie immer unten vor dem Gasthaus Schwimmer stehen, mit Rücksicht auf seine Frau sollte man den Wagen nicht vor Marthas Haustür stehen sehen. Jeder in der Stadt wußte Bescheid, lange genug schon, um nicht mehr darüber zu reden, aber Wegner tat, was immer er tat, so diskret wie möglich.

An der Wohnungstür ein flüchtiger Kuß auf Marthas Wange; die Zeiten, da er ihr (auch das nur bildlich gesprochen) schon an der Tür die Kleider vom Leib hatte reißen wollen, waren vorbei.

Dann saßen sie an jenem Donnerstag, dem neunten Mai, auf dem Sofa, tranken Kaffee, er redete von der Apotheke, sie redete von der Schule, sie redeten nicht einmal aneinander vorbei, hörten nur einer dem anderen nicht mehr zu, weil sie alles vom anderen wenigstens einmal schon gehört hatten.

Von den Samstagnachmittagen abgesehen saß Wegner zweimal, manchmal dreimal in der Woche in ihrem Wohnzimmer, und manchmal, immer seltener, lag er in ihrem Bett. Er war jetzt siebenundfünfzig, er war, wollte man es ein wenig altmodisch ausdrücken, solide, er war angesehen, er war gebildet, er war großzügig, und Martha konnte, wenn er da war, das eine oder andere Mal »wir« sagen. Das brauchte sie, sie empfand es als Mangel, aber sie brauchte es.

Daß Martha dem, was Wegner an diesem Abend sagte, noch weniger Aufmerksamkeit schenkte als sonst in den letzten Monaten, eigentlich schon in den letzten Jahren, das hing mit jenem Ereignis zusammen, über das sie später, als sie ihre Version der Geschichte erzählt, nicht sprechen will: Sie hatte am Abend zuvor mit einem ihrer ehemaligen Schüler geschlafen, und jetzt dachte sie darüber nach, ob sie Wegner, um ihn zu schockieren, davon erzählen sollte.

Sie war achtunddreißig, Alexander war fünfundzwanzig, sie hatte ihn einmal in Mathematik und Physik unterrichtet, und es war, gestern am Abend, wunderbar gewesen, mit ihm zu schlafen. Noch war dieser Abend nicht ganz vorbei. Noch hörte sie ihn lachen, noch wußte sie, wie seine Haare rochen, noch war nichts geschehen, was die Erinnerung überlagert hätte; sie hatte einfach den Tag über nichts dergleichen geschehen lassen.

Am Nachmittag hatte er angerufen und einfach nicht zur Kenntnis nehmen wollen, daß es keine Fortsetzung geben würde, sie war dabei geblieben, und er hatte ihr wortreich auseinandergesetzt, was er gestern schon gesagt hatte und was einer in seinem Alter vermutlich sagen mußte, daß er auf die sogenannten gesellschaftlichen Konventionen pfeife; daß wenn Männer jüngere Frauen haben dürften, dies doch wohl auch umgekehrt akzeptiert werden müsse; daß ihm das, was seine Eltern dazu sagen würden, ganz besonders scheißegal sei.

Martha hatte versucht, ihm zu erklären, daß gesellschaftliche Konventionen ganz gewiß nicht der Grund dafür seien, warum es keine Fortsetzung geben würde, und ihn dann einfach reden lassen, froh darum, seine Stimme zu hören.

Sie glaubte zu wissen, wie Wegner reagieren würde: Zuerst würde er es nicht glauben wollen, dann empört sein. Das würde ihr, das wußte sie, gefallen, dann aber würde er, das wußte sie sicherer als alles andere, zur Bewertung schreiten, klug argumentierend, unerbittlich, logisch wie immer, und am Ende würde er sie, was ihm fast immer gelang, von seiner Sicht der Dinge überzeugt haben, und was jetzt noch fast schwebend leicht und heiter und auf eine schöne Art schamlos war, würde auf einmal schmutzig aussehen, vielleicht sogar pervers. Sie würde seine Meinung nicht übernehmen, ganz gewiß nicht, aber der Abend von gestern würde auf einmal einen schlechten Nachgeschmack haben.

So sagte Martha nichts, und so schien es am neunten Mai ein Donnerstagabend zu werden wie so viele Donnerstagabende zuvor.

Heute bat Wegner sie schon fünf vor halb acht, den Fernseher einzuschalten. Die *Zeit im Bild* versäumte er nie, diesmal aber schien er auf irgendeine Nachricht zu warten, ungeduldig, fast nervös. Martha dachte an einen Zusammenhang mit der Apotheke, denn Wegner verfolgte erbittert, wie der Staat seiner Meinung nach durch immer neue Gesetze, immer neue Auflagen, immer neue Einschränkungen die Apotheken des Landes ruiniere, aber es gab an diesem Tag keine Meldung, die darauf zu beziehen gewesen wäre.

Kurz vor dem Ende der Sendung wurde gemeldet: In einem kleinen Dorf im Salzburger Pinzgau sei an diesem Morgen violettes Wasser aus den Hähnen gelaufen, was beträchtliche Aufregung unter den Dorfbewohnern verursacht habe. Erste Untersuchungen hätten ergeben, daß harmlose, jedenfalls ungiftige Lebensmittelfarbe in das Sammelbecken der Ortswasserleitung geschüttet worden sei.

Wegner lächelte, reagierte aber wie ertappt, als Martha ihn darauf ansprach. Ihm sei nur grad was ganz Komisches eingefallen.

»Was denn?« fragte Martha. »Sag's mir, wenn's was Komisches ist.«

Wegner schüttelte nur den Kopf, wollte und würde weiter nichts sagen.

Es war, ich erinnere mich ganz genau, ein zufriedenes Lächeln«, sagt Martha Dressler. »Ich hab, glaub ich, grad als diese Nachricht begonnen hat, irgendetwas zu ihm sagen wollen, aber er hat mich – so! – durch eine kleine Handbewegung unterbrochen. Er hat, das ist ganz klar, den genauen Wortlaut der Nachricht hören wollen. Gleich nach der *Zeit im Bild* hat er sich verabschiedet, um wie an jedem Donnerstagabend seine zwei engsten Freunde im Gasthaus Schwimmer zu treffen.«

»Die beiden«, fragt der Beamte, »die Sie, Frau Dressler, wie Sie es nennen, zum Tod verurteilt haben?«

Martha Dressler nickt und sagt dann noch: »Ich hab an diesem Abend natürlich keine weiteren Schlüsse gezogen, und das Wort Verdacht läßt sich eigentlich nur durch die späteren Informationen rechtfertigen. Ein paar Tage danach hat Beranek, ein Kollege, der Geschichte unterrichtet, mir in der Schule erzählt, daß er Wegner am Abend allein oben auf dem Hügel hinter der Kirche beim Wasserreservoir gesehen hat. Dann war da dieser Zeitungsartikel ... Da ist mir auf einmal dieser Donnerstagabend wieder eingefallen.«

2

Die beiden anderen warteten schon auf Wegner: Grossmann, der Biochemiker, und Hladek, der Amtsleiter im Rathaus. Sie hatten *Zeit im Bild* nebenan im Extrazimmer gesehen, nun saßen sie wieder an ihrem Stammtisch in der Gaststube unter dem zwei Meter breiten Bild, das eine Ansicht der Stadt, damals noch ein Dorf, aus dem 17. Jahrhundert zeigte, die Vergrößerung eines Stichs von Georg Matthaeus Vischer, die Ulrichskirche damals noch mit gotischem Turm, zwei Dutzend Häuser, Weingärten ringsum.

»Es hat funktioniert«, sagte Wegner, und Grossmann sagte: »Ich hab nie daran gezweifelt.« Und alle drei grinsten.

Schwimmer, der Wirt, kam an den Tisch und brachte ein Viertel Zweigelt für Wegner. Er war, so vermuteten sie, einer von ihnen, welcher Gruppe er angehörte, wußten sie nicht, nie wurde über das geredet, was sie ihre Organisation nannten, das gehörte zu den Regeln. Falls Schwimmer die Nachricht gehört hatte und ihr, was sehr unwahrscheinlich war, irgendeine Bedeutung zumaß, so mochte er allenfalls ahnen, konnte und durfte aber nicht wissen, daß Wegner, Grossmann und Hladek damit zu tun hatten.

Hier in der Gaststube redeten sie auch nicht darüber, hatten es nie getan. Sie saßen nur da wie nun schon seit Jahrzehnten, sie tranken, was sie immer tranken, Wegner zwei Viertel Zweigelt und dann noch ein Achtel, Hladek drei Viertel Welschriesling, Grossmann vier Seidel Bier, und er rauchte in den knapp zwei Stunden fast eine ganze Packung Memphis. Sie beredeten den Tag und grüßten, jeder kannte hier jeden, zu anderen Tischen hinüber, wenn Gäste das Lokal verließen oder neue Gäste kamen.

Ihr Erfolg, der im Fernsehen, wenn auch nur für sie verständlich, bestätigt worden war, wollte beredet, der Anteil jedes einzelnen daran wollte herausgestrichen sein, aber nicht hier. Sie hätten, es wäre niemandem aufgefallen, sofort gehen können, aber sie würden bis dreiviertel zehn sitzen bleiben wie immer, wortlos einig, daß gerade an diesem Abend nichts anders sein sollte als sonst; den Triumph würde vorerst jeder für sich allein genießen, und sie würden reden, worüber sie immer redeten, zum Beispiel wie so oft im letzten halben Jahr darüber, daß die alte Gaststube viel schöner gewesen sei.

Das Zirbenholz der neuen Täfelung war noch zu hell, zu viel Schnitzwerk gab es jetzt, auf die Bemalung hätte Schwimmer ruhig verzichten können, die lebhafte Holzstruktur vertrug sich nicht mit den gemalten Ornamenten, alles wirkte überladen, das säulenflankierte Podest in der Mitte des Raumes, auf dem der große runde Tisch stand, und der geschnitzte Baldachin darüber waren der pure Kitsch; es sei, darin waren sie sich einig, ein rechtes Kreuz, wenn die Wirte so viel verdienten, daß sie sich die Renovierung ihrer Gaststuben leisten konnten.

Dann, es war erst fünf vor halb zehn, redeten sie, wie immer öfter in den letzten paar Jahren, über Krankheiten und Arztbesuche. Hladek, der bei einer Größe von eins fünfundsechzig mehr als hundert Kilo wog, hatte schon seit ein paar Tagen einen Blutdruck von hundertneunzig zu hundertzwanzig, mit den gewohnten Medikamenten lasse er sich offenbar nicht mehr einstellen. Grossmann konnte, von Hladek darum beneidet, essen, soviel er wollte, ohne zuzunehmen, litt aber an beiden Händen unter einer Schrumpfung der Sehnen, seine Finger krümmten sich zu Krallen, vor zehn Jahren war er schon einmal operiert worden, bald würde er sich, erzählte er jetzt, wieder unters Messer legen müssen. Dann klagte er über Herzbeschwerden, sah dabei aber, was die anderen gerade an diesem Abend nicht wunder nahm, sehr zufrieden aus; die Schmerzen traten erst seit ein paar Wochen auf, und die Ärzte konnten die Ursachen nicht finden; auch über zunehmende Schlafstörungen redete Grossmann, heute sei er um halb vier wach geworden und habe nicht wieder einschlafen können, weshalb er dann schon um halb fünf aufgestanden sei. »Man nennt das senile Bettflucht«, sagte Wegner, der gesündeste von den dreien.

Um dreiviertel zehn, es war alles wie immer, zahlten sie und gingen.

»Sie haben keine Spur«, sagte Hladek draußen auf dem Parkplatz, »sonst hätten sie was gesagt. Der Mann, wer immer es war, hat gut gearbeitet.«

Grossmann steckte sich eine neue Zigarette an und schlug vor, noch ein paar Schritte zu gehen, er hoffe, sagte er, nach einem kleinen Spaziergang besser zu schlafen, aber alle wußten sie, daß jetzt endlich der Zeitpunkt gekommen war, wo sie allein und unbeobachtet sein mußten.

Es war ein lauer, fast schon sommerwarmer Abend, sie gingen die Obere Hauptstraße hinunter, dann die kleine Runde durch den Park bis zum gußeisernen Franz-Joseph-Denkmal, das 1898 anläßlich des fünfzigjährigen Krönungsjubiläums des Kaisers errichtet worden war.

Dort lachten sie plötzlich los, laut und ungeniert. Sie klopften einander auf die Schultern, teilten kleine Boxhiebe und kleine Ellbogenstöße aus, umarmten einander. Es hatte funktioniert, sie hatten es geschafft! Vor allem hatte, dies stellten sie in immer neuen Abwandlungen fest, die Organisation ihre Funktionsfähigkeit bewiesen. Nicht daß sie, wie jeder auf seine Art betonte, daran gezweifelt hätten, aber der Härtetest der Praxis war, darin fanden sie sich einig, noch überzeugender ausgefallen, als sie es hatten erwarten dürfen.

Keiner von ihnen mußte jetzt seinen Anteil am Erfolg betonen, die anderen taten es für ihn. Unbestritten war Wegners logistische Leistung, von ihm stammte die Idee, er hatte den Plan entworfen, was er freilich jetzt in Abrede stellte, so generell könne er das nicht stehen lassen, die beiden anderen hätten sehr wohl wesentliche und entscheidende Überlegungen beigesteuert. Ungeschmälert blieb Grossmanns Verdienst, die Farbe, deren Herkunft niemand würde feststellen können, besorgt und dann »auf den Weg gebracht« zu haben zu jenem Gesinnungsfreund, den sie nicht kannten, der sie nicht kannte und auch nicht den Plan, in dessen Dienst er sich gestellt hatte.

Hladeks Leistungen hatten sie vor Tagen schon gewürdigt, jetzt wiederholten sie nur, was sie schon gesagt hatten: Die Briefe seien ohne jeden Zweifel besser als alles, was bisher von anderen verschickt worden war.

»Und sie werden, nachdem das heute geklappt hat, morgen aufgegeben«, sagte Wegner.

»Weißt du, wo?« fragte Hladek.

Wegner wußte es nicht, durfte es ja nicht wissen, das gehörte zu den Regeln. »Ich hab Wien vorgeschlagen«, sagte er aber, »das Postamt am Westbahnhof.« Jedenfalls halte er ein Postamt in Wien für sicherer als die Landpostämter oder die Briefkästen auf dem Land, wo seinerzeit die Briefbomben eingeworfen worden seien. Die Gefahr, daß sich das jemand merkt, wenn er auf dem Land einen Ortsfremden am Briefkasten sieht, sei unverhältnismäßig und unangemessen groß. Er kenne das Postamt beim Westbahnhof, habe als Student ganz in der Nähe gewohnt, es sei, wenn er sich recht erinnere, rund um die Uhr geöffnet, dort kämen am Tag hunderte, wahrscheinlich tausende hin, um Briefe aufzugeben, niemand könne sich da an einen einzelnen erinnern. »Das hab ich meinem Kontaktmann jedenfalls gesagt.«

Aber sie wußten alle drei, daß der, der die Briefe morgen einwerfen würde und den sie nicht kannten, in seiner Entscheidung frei war.

Als sie zu ihren Autos vor dem Gasthaus Schwimmer zurückkamen, war es zehn nach zehn. Eben hatte noch irgendwo ein Hund gekläfft, jetzt war es ganz still. Wenn man genau in die Nacht hineinhorchte, konnte man das Rauschen von der Autobahn her hören, die doch immerhin fünf Kilometer weit entfernt war; seit die Grenzen nach Osten hin offen waren, hatte sich der Verkehr verdreifacht und riß auch in der Nacht nicht mehr ab.

»Und was ist«, fragte Wegner, den Autoschlüssel schon in der Hand, »wenn sie nicht tun, was wir von ihnen verlangen?«

»Dann läuft demnächst irgendwo in Österreich giftiges Wasser aus den Hähnen«, sagte Hladek, »und ein paar hundert, vielleicht ein paar tausend brave Österreicher werden dran krepieren.«

»Schade um sie«, sagte Grossmann, riß eine neue Zigarettenpackung auf und grinste, wie sogar im schwachen Licht der Straßenlaterne zu erkennen war, »oder vielleicht auch gar nicht schade. Jedenfalls müssen, wie das so schön heißt, für eine große Sache notfalls auch große Opfer gebracht werden.«

»Wer dazu nicht bereit ist«, sagte Wegner, streitbare Entschlossenheit in der Stimme, »der sollte sich auf so einen Kampf erst gar nicht einlassen.«

Sie standen auf dem Parkplatz, wollten ihre satte Zufriedenheit noch so lange wie möglich auskosten, und dann, ehe sie in die Autos stiegen, umarmten sie einander noch einmal, stumm diesmal.

3

Der Beamte schweigt jetzt und fängt an, sich Notizen zu machen. Er scheint nur drei, vier Jahre älter zu sein als Martha Dressler, eleganter als man sich Polizeibeamte gemeinhin denkt, er hat sich als Major vorgestellt, den Namen hat Martha schon wieder vergessen.

Sie erzählt den Anfang ihrer Geschichte nun schon zum zweitenmal, der uniformierte Beamte, mit dem sie zuerst gesprochen hat, ist plötzlich aufgestanden und hat, um ein wenig Geduld bittend, das Zimmer verlassen. Eine halbe Stunde später ist dann der Major gekommen.

Immer noch schreibt er, ist schon auf einem zweiten Blatt angelangt, und Martha sieht an ihm vorbei hinaus auf die struppigen Bäume eines kleinen Parks, dann fragt er: »Sie sind also tatsächlich davon überzeugt, daß Sie in Lebensgefahr sind, daß irgendwo da draußen ein gedungener Mörder auf Sie lauert.«

»Es klingt, wenn man's so hört, grotesk«, sagt Martha, »aber ich muß davon ausgehen, daß es so ist.«

»Haben Sie außer Herrn Wegners Warnung, von der Sie gesprochen haben, noch irgendeinen anderen Hinweis darauf?«

»Nein, aber warum hätte er mich warnen sollen vor einer Gefahr, die nicht existiert?«

»Um Sie zu erschrecken vielleicht, um sie einzuschüchtern, was weiß ich.« Der Major denkt eine Weile nach, dann sagt er: »Diese schriftliche Warnung: Sie haben gesagt, es war ein neutrales Blatt Papier, maschingeschrieben, keine Unterschrift ... Sie haben es nicht zufällig doch eingesteckt?«

Martha schüttelt verärgert den Kopf: »Ich hab doch gesagt, daß ich den Zettel verbrannt hab! Da ist draufgestanden, daß ich das Blatt sofort vernichten soll, und, vielleicht bin ich blöd, ich hab's getan. Und ich kann mich jetzt auch an den genauen Wortlaut nicht mehr erinnern.«

»Herr Wegner mußte damit rechnen, daß Sie sich über kurz oder lang an die Polizei wenden. Indem er sie warnt, liefert er sich selber ans Messer, das müßte ihm klar gewesen sein. Oder durfte er aus irgendeinem Grund annehmen, daß Sie seinen Namen nicht nennen würden?«

Darauf weiß Martha nichts zu sagen. »Sie glauben mir kein Wort, hab ich recht?« fragt sie dann herausfordernd. »Halten Sie mich für verrückt? Ich leide vielleicht unter Verfolgungswahn, ja?«

»Ich weiß noch nicht, was ich glauben soll«, sagt der Major, dann verlangt er: »Beschreiben Sie mir Ihr Verhältnis zu Herrn Wegner! So genau wie möglich!«

Martha zögert, eine Sekunde lang sieht es aus, als wolle sie aufstehen und hinausgehen. »Was mir zu allererst einfällt«, sagt sie dann aber, »es dauert schon ... es hat viel zu lange gedauert. Ein halbes Jahr, längstens ein Jahr, mehr hab ich uns am Anfang nicht gegeben, dann sind acht Jahre draus geworden. Nicht ganz acht Jahre, wenn man die Sommermonate abrechnet, da bin ich unterwegs ... Wissen Sie, ich gehör nicht zu den Frauen, die geheiratet werden wollen, da sind Verhältnisse mit verheirateten Männern ganz praktisch, nicht? Ich hab ihm das so deutlich natürlich nicht gesagt, allzu bequem wollt ich's ihm nicht machen ... Unser Verhältnis, wie soll ich sagen?, eigentlich hat das, glaub ich, niemand verstanden, mich selber nicht ausgenommen. Wir hatten nichts gemeinsam. Aber das hat für mich keine Rolle gespielt, ich hab ja immer das Gefühl gehabt, daß es sowieso nicht mehr lange dauern würde ...«

Was Martha dem Beamten nicht erzählen wird: Sie hatte zu Beginn einfach damit gerechnet, bald einen anderen Mann kennenzulernen. Immer war früher eine alte Beziehung durch eine neue beendet worden. Ihr Verhältnis zu Wegner aber war in der kleinen Stadt rasch allgemein bekannt geworden, sie galt somit als vergeben, und die Männer, die sie vielleicht interessiert hätten, begegneten ihr mit jenem Respekt, den sie auch Wegners Frau entgegenbrachten; sie lebten, daran war nicht zu zweifeln, und Martha beklagte es oft, in einer auf Formen und Konventionen sehr bedachten kleinen Stadt. Ein paarmal hatte Martha schon überlegt, sich demonstrativ von Wegner zu trennen, damit signalisierend, daß sie zu haben sei. Aber wer, hatte sie weiter überlegt, würde sich dann schon um sie bemühen?

Beranek etwa, der Kollege, der Latein und Geschichte unterrichtete, lebte mit fast fünfundvierzig immer noch bei seiner Mutter, sie lasse ihm, hieß es, das Badewasser ein und schmiere ihm die Frühstückssemmel und rühre, damit er sich nicht überanstrenge, seinen Kaffee um, Jahr für Jahr fuhren sie gemeinsam auf Urlaub, und wenn er einmal am Abend länger fortblieb, rief er im Halbstundentakt zu Hause an, daß er eh bald käme, daß es eh nicht gar zu spät würde, denn seine Mutter ging, so hieß es, nicht schlafen, ehe sie ihn nicht im Hause wußte. Keusch lebte er gewiß nicht, aber zölibatär, die Partnerinnen suchte und fand er, für Martha in Anbetracht seiner vierschrötigen Gestalt, seiner Halbglatze und seines albernen Schnurrbarts verwunderlich genug, vornehmlich in den Maturajahrgängen, wobei er, um nicht des Mißbrauches von Abhängigkeitsverhältnissen geziehen zu werden, erst jeweils nach der Matura zur Tat schritt, zuvor jedoch mußten die jungen Damen, so hieß es, noch seiner Mutter vorgestellt und von ihr des intimen Umgangs mit ihm für würdig befunden werden; Verhältnisse, die länger als drei, vier Monate währten, duldete sie, so sagte man, nicht.

Oder der kleine Täubler, der hinter jedem, aber auch wirklich jedem Kittel her war, der wahrscheinlich eine Kerbe in seinen Bettpfosten schnitzte für jede, der er habhaft hatte werden können!

Beranek hatte sich ganz am Anfang, als sie an die Schule gekommen war, durchaus für Martha interessiert. Freilich interessierte er sich für jede neue Kollegin, selbst wenn sie bucklig oder triefäugig wäre. Um Martha aber hatte er sich, ganz zu Beginn, mehr bemüht als um andere, auch jetzt hielt er den Anschein eines fortdauernden erotischen Interesses aufrecht, aber als sie vor einem Jahr einmal nach einem langen Fest bei gemeinsamen Bekannten gemeinsam übernachtet hatten, und es hatte nur mehr ein freies Zimmer und ein freies Bett gegeben, da hatten sie darin keusch nebeneinander liegend geschlafen, und am Morgen, nachdem er sie gefragt hatte, ob dies von ihr auch nicht als Unhöflichkeit verstanden würde, da hatte sie ihn geohrfeigt, was er ihr lange nicht hatte verzeihen können.

Den kleinen Täubler ließ sie erst gar nicht an sich heran, lieber hätte sie ganz allein gelebt, wovor sie aber eine schwer zu begründende Angst hatte, wie sie nur Rena, ihrer besten, eigentlich einzigen Freundin gegenüber zugab.

Sie wollte keines Mannes Socken waschen, sie wollte allein sein können, wenn ihr danach zumute war, aber einen Mann sollte es in ihrem Leben doch geben.

Rena sagte manchmal Dornröschen zu ihr und behauptete, sie habe sich, vielleicht ohne es zu wollen, sogar ohne es am Beginn zu ahnen, in dieser elenden kleinen Stadt in einen Dornröschenschlaf gelegt und warte in Wahrheit auf den Prinzen, der sie wachküssen und aus dem Provinzschlaf erlösen würde. Diese Hoffnung sei ja, sagte Rena, nicht ohne Reiz, nur sei Dornröschen, als sie im Märchen nach hundert Jahren endlich geküßt worden sei, immer noch tau- und jugendfrisch gewesen, Martha aber altere auch im Schlaf und sei nun – immerhin – schon achtunddreißig.

Die Alternative wäre, wandte Martha dann stets ein, wach zu bleiben und einen Frosch nach dem anderen zu küssen in der vagen Hoffnung, einer davon, der tausendste vielleicht, könnte sich doch in einen Prinzen verwandeln.

Ja, seufzte Rena dann, es gäbe einfach zu viele Frösche auf der Welt.

Manchmal hatte Martha sich in der letzten Zeit gefragt,

warum sie nicht wieder, wie früher so oft, einfach am Abend nach Wien fuhr, um den Schlaf zu unterbrechen, wenn es denn, vielleicht hatte Rena recht, einer war. In Wien würde es leichter sein, einen zu finden, der zu ihr paßte und der ihre Bedingungen des Zusammenlebens akzeptierte. Aber der Gedanke, regelrecht auf Jagd zu gehen, war ihr zuwider gewesen.

Auf der Jagd war sie übrigens (wovon sie dem Major bestimmt nichts erzählen wird) am Mittwoch, dem achten Mai, gewiß nicht gewesen, gesucht hatte sie nicht, aber gefunden.

Die zufällige Begegnung in der Josefstädter Straße, das Gasthaus, über dessen Eingang »Wein- und Bierhaus« stand, der stämmige Kellner mit der gewaltigen, wohlfrisierten Mähne und der dicken Brille, sein Hund, ein kleiner weißer Köter, der Rambo hieß, der spindeldürre Wirt hinter der Schank, an einer Wand ein Bild von Oskar Werner, der hier einen Teil seines Verstandes, einen Teil seines Talentes versoffen hatte, Martha im Theaterkleid, Alexander in der Lederjacke.

Ein schnelles Achtel nur, sie müsse morgen um dreiviertel acht wieder in der Schule sein. Über den Gedanken, daß der Abend in Alexanders Bett enden könnte, hätte Martha zu diesem Zeitpunkt noch gelacht.

Dann auf einmal, zu weit vorgerückter Stunde schon, diese seltsame Bereitschaft zu Geständnissen: Sie habe, hatte sie plötzlich erzählt, im Gymnasium in Hollabrunn, mit sechzehn erst begonnen, sich für Mathematik zu interessieren, eines neuen Lehrers wegen, in den sie sich sofort verliebt habe. Um dessen Aufmerksamkeit – vergeblich übrigens – zu erregen, habe sie eines Tages behauptet, sie habe sich entschlossen, Mathematik zu studieren, viel später erst und zu ihrer eigenen Verwunderung habe sie dann tatsächlich Gefallen daran gefunden.

Die Ausgangssituation sei ihm wohlbekannt, hatte Alexander gesagt, schließlich sei er einmal in seine Mathematiklehrerin verliebt gewesen, und wenn er sich auch nicht zum Studium der Mathematik entschlossen habe, so habe er sich doch Mühe gegeben, der Klassenbeste in Mathematik zu werden. Das müsse ihr doch aufgefallen sein, daß er in sie verliebt gewesen sei!

Natürlich habe sie es bemerkt und sich alle denkbare Mühe gegeben, nicht zu zeigen, daß sie es bemerkt habe. Das habe sie lernen müssen, mit verliebten Schülern umzugehen.

»Ja«, hatte Alexander gesagt, »ich muß mich wie ein Idiot benommen haben.«

Durchaus nicht! In seinem Fall habe es ihr sogar geschmeichelt …

Ein wenig später dann seine Frage: Ob es diesen Mann in ihrem Leben noch gäbe, von dem sie damals in der Schule schon geredet hätten?

Ja, mehr oder weniger, hatte sie gesagt, gäbe es diesen Mann noch …

Der Major lehnt sich zurück, scheint schon eine ganze Weile zu warten, scheint ungeduldig zu werden. »Also?« fragte er dann.

»Also was?« fragt Martha Dressler zurück.

Draußen dämmert es jetzt.

4

Am Freitag, dem zehnten Mai, stieg gegen elf Uhr ein Mann (den ein Polizeibericht unauffällig genannt hätte, der freilich nie in einem Polizeibericht erwähnt wurde) in der Station Volkstheater aus einem Wagen der Linie U 2. Er ging die Stufen hinauf zur Museumstraße, überquerte sie und ging, bei leichtem Nieselregen übrigens, am Café Raimund vorbei zum Postamt 1016 Wien, das im Justizpalast untergebracht ist. Die Drehtür, durch die er von der Straße her eintrat, führt unter anderem auch zur Oberstaatsanwaltschaft, zur Generalprokuratur, zur Verwahrungsabteilung beim Oberlandesgericht Wien und zum Obersten Gerichtshof. Als der Mann dann in der kleinen Halle hinter der Tür stand, sah er an den Glastüren, zu denen eine kleine Treppe hinauf führt, handgeschriebene Zettel kleben des Inhalts, daß die Dienststellen des Justizpalastes ausnahmslos über den Eingang Schmerlingplatz zu erreichen seien. Der Mann nahm es zur Kenntnis, es berührte ihn anscheinend nicht, denn er wandte sich nach rechts, dem Postamt zu.

(Verbindet der Mann irgendetwas mit diesen handschriftlichen Hinweisen? Wir wissen es nicht. Wollten wir uns näher mit seiner Person beschäftigen, wir würden es zweifellos erfahren. Der oft so genannte auktoriale Erzähler ist, einem alten Vorurteil zum Trotz, nicht allwissend, braucht es nicht zu sein. Er braucht nur hinzusehen, er braucht nur hinzuhören. Aber halten wir die Randfiguren, die nicht wieder auftauchen, auf Distanz. Sehen wir dem Mann, von dem eben erzählt wird, einfach zu:)

Er betrat das Postamt und gelangte über ein paar Stufen in den schmalen Schalterraum. Zur linken Hand fand er zwischen Telefonzellen zwei Kundenschreibpulte und neben dem zweiten Pult einen breiten Briefaufgabeschlitz. Der Mann nahm, ohne die Handschuhe, die er trug, auszuziehen, aus seinem Regenmantel fünf weiße, bereits frankierte C-5-Umschläge, die mit, wie der Mann (dies dürfen wir wohl sagen) wußte, fingierten, nämlich frei erfundenen Absendern versehen waren. Er warf sie in den Schlitz und verließ, ohne sich weiter umzusehen, das Postamt wieder.

Keiner der Schalterbeamten erinnerte sich später an ihn, sie kümmerten sich, gaben sie alle übereinstimmend ein paar Tage darauf zu Protokoll, nicht darum, wer da Briefe einwerfe, das sei nicht ihre Aufgabe, und sie hätten auch gar keine Zeit dafür.

Ein Brief war an den Chefredakteur der Kronenzeitung, einer an den Chefredakteur des Kuriers, einer an den Herausgeber des Profils, der vierte an den Chefredakteur des Aktuellen Dienstes beim Fernsehen adressiert, der letzte schließlich an den Innenminister.

Bei der Kronenzeitung traf der Brief schon am Samstag ein, beim Profil, beim Kurier und beim Fernsehen am Montag, im Innenministerium aus Gründen, die trotz umfangreicher Recherchen nicht nachzuvollziehen waren und niemals geklärt wurden, erst am Mittwoch.

Inhaltlich waren alle fünf Briefsendungen identisch und bestanden aus einem sechzehnseitigen Text und einem Begleitschreiben, in dem es unter dem Briefkopf »Bajuwarische Befreiungsarmee – Kampfeinheit 12« hieß, der Angriff auf die Wasserversorgung jenes kleines Dorfes im Pinzgau sei nur als Warnung zu verstehen und als Hinweis darauf, daß jederzeit irgendwo in Österreich ein tödlicher Angriff auf eine Wasserversorgungseinrichtung stattfinden könne.

Die violette Lebensmittelfarbe sei auffällig gewesen, das tödliche Gift hingegen, das dann ins Wasser geschüttet würde, sei weder zu sehen noch zu riechen.

Die Briefbomben damals, die Rohrbomben und jene darauf folgenden Aktionen, die den ehrlosen Teil der Österreicher so sehr erregt und erschreckt hätten, das seien nur die ersten Schläge gewesen im Kampf gegen jenen Staat, der von der Alliierten Gnaden errichtet und auf den Lügen der Siegermächte aufgebaut worden sei und der es verlernt habe, sich gegen die Überfremdung zu wehren, der von ehrlosen Politikern regiert werde, die den Menschen diktieren wollten, was sie zu denken hätten.

All die früheren Aktionen hätten ihren Zweck erfüllt, nun aber seien auch im Interesse der Kriegsgefangenen, die dieser Staat gemacht habe, neue Schritte, neue Schläge fällig: Irgendwo in Österreich werde Gift, tödliches Gift in eine Wasserversorgungseinrichtung geschüttet, was hunderte, tausende, vielleicht hunderttausende Menschenleben kosten werde, falls nicht folgende Bedingungen erfüllt würden:

Zum einen sei der beiliegende Text in den Zeitungen vollinhaltlich, ohne jede Kürzung, ohne jede Veränderung und ohne jeden Zusatz oder Kommentar zu veröffentlichen. Im Fernsehen und im Hörfunk sei er wortwörtlich zu verlesen und zwar zeitgleich in allen Programmen.

Zum anderen habe das Innenministerium die nötigen Schritte einzuleiten, damit die nachstehend namentlich genannten politischen Gefangenen binnen Wochenfrist entlassen würden.

Der Text, dessen Veröffentlichung verlangt wurde, schilderte detailreich den nach Meinung der Verfasser (des Verfassers, wie wir wissen) seit der Antike schon tobenden Kampf der europäischen Zivilisation gegen die in Wellen von Osten her eindringenden und Europa berennenden barbarischen Horden und Völkerschaften aus Asien.

Zu dieser uralten Gefahr, so wurde weiter dargelegt, geselle sich in unseren Tagen die noch größere Gefahr aus dem Süden. Immer mehr Neger, artfremder noch als die Asiaten, ziehe es nach Europa, nicht mehr nur, wie aus Kolonialzeiten her verständlich, wenn auch nicht gutzuheißen, nach Frankreich oder England, vermehrt auch nach Deutschland, »ins Reich«, stand da geschrieben, und nach Österreich. Eines Tages, so wurde prophezeit, würden ganze Negerstämme, ganze afrikanische Völker aufbrechen, um die Festung Europa zu berennen und zu erstürmen.

Aber auch heute schon müsse man von einer neuen Völkerwanderung sprechen, in der die europäische Zivilisation untergehen müsse wie einst das Römische Reich in der alten Völkerwanderung.

Mit Hinweisen auf Konrad Lorenz und Eibl-Eibesfeldt wurden die Gefahren der »Kulturvermischung« und einer darin angelegten »Ethnomorphose« referiert und beschworen, danach ausführlich beklagt, daß Europa, der zivilisatorische Kern Europas, jede innere Kraft verloren zu haben scheine, jeden Verteidigungswillen und damit, recht besehen, jede Lebensberechtigung. Aber noch, hieß es danach in einem flammenden Appell, könne das Ruder herumgerissen werden, noch könne man sich auf alte, verteidigenswerte Traditionen besinnen, noch sei das alte Feuer nicht gänzlich erloschen, noch könne der Kampf aufgenommen und gewonnen werden.

Dafür müßten freilich augenblicklich radikale und einschneidende Maßnahmen gesetzt werden, der Staat müsse reeuropäisiert werden, die Demokratie müsse entlarvt werden als die Herrschaft der Dummen, Faulen und Korrupten, sie sei folglich abzuschaffen. Geführt müsse der Staat in Hinkunft von einer durch natürliche Selektion entstandenen Elite werden, die kraft ihres Wissens einerseits den Willen des Volkes erkenne, andererseits aber auch höhere Interessen gegen den Willen des Volkes durchzusetzen imstande und willens sei.

»Herr Haider«, hieß es dann gegen Ende, »entspricht unserer Meinung nach übrigens diesem Bild und diesen Anforderungen auf keinen Fall und in keiner Weise, also erwarten wir nicht viel von ihm. Wenn überhaupt etwas Positives, dann sehen wir in seinem Tun einen kleinen Schritt in die richtige Richtung, bestimmt aber ist er nicht der Messias, für den er sich selbst zu halten scheint, allenfalls Johannes der Täufer, der das Kommen des Messias ankündigt, wenn man ausnahmsweise einmal einen jüdischen Vergleich verwenden will.«

Die ganzen sechzehn eng beschriebenen Seiten zu verlesen,

das würde, meinten die vom Fernsehen, wenigstens vierzig Minuten lang dauern.

5

Als Wegner, Hladek und Grossmann sich am 16. Mai wie jeden Donnerstag im Gasthaus Schwimmer trafen, wollte keiner sich die Enttäuschung darüber anmerken lassen, daß es bis jetzt noch keinerlei Reaktion auf ihre Briefe gab. Keine Zeile in Kronenzeitung oder Kurier, kein Wort in Rundfunk oder Fernsehen. Natürlich hatten sie nicht die ganzen Tage lang das Radio- und Fernsehen verfolgt, aber wäre dort etwas gemeldet worden, wäre es garantiert sofort auch von den Zeitungen aufgegriffen worden. Sie redeten, das war so unverfänglich, daß es auch in der Gaststube gesagt werden konnte, über die Unzuverlässigkeit der Post. Hladek sagte einmal: »Gut Ding braucht Weile!« Und Grossmann meinte: »Auf die Sensationsgeilheit der Medien ist Verlaß. Sollte man sich nicht einmal darauf mehr verlassen können, dann dürfte man an nichts mehr glauben auf der Welt.«

Gegen dreiviertel zehn standen sie auf und gingen draußen diesmal rasch auseinander, man werde sich ja am Sonntag sehen, da würde man ausführlich reden können, und bis dahin werde ja wohl auch etwas passiert sein.

Als Wegner nach Hause kam, fand er Vera, seine Frau, im Wohnzimmer vor dem Fernseher. Die *Zeit im Bild 2* hatte eben begonnen.

»Geht's gut?« fragte Wegner und wußte im vorhinein, daß er ein »Überhaupt nicht!« zur Antwort bekam.

»Der Magen, das Herz, der Unterleib?« fragte Wegner.

»Ich mußte fast den ganzen Tag im dunklen Zimmer liegen, so arg war meine Migräne noch nie«, sagte Vera.

»Ich wußte heute vormittag kaum, wie ich mich auf den Beinen halten sollte – vor lauter Magenschmerzen«, sagte Wegner.

»Meine Verdauung funktioniert, glaub ich, überhaupt nicht mehr«, sagte Vera, »du mußt mir Tabletten geben.«

»Geh runter«, sagte Wegner, »such dir was aus, wir haben so viel von dem Zeug, daß wir's verkaufen müssen. Und wenn du gehst, bring mir bitte eine Schachtel Voltaren mit, mein Kreuz tut heut wieder derart weh …«

Es war ihr Psychosomatik-Spiel. Jede Erwähnung eines Krankheitssymptoms durch Vera bedeutete im Klartext: »Da siehst du, was du mir antust! Die Art, wie du mich behandelst, deine Untreue, deine Lieblosigkeit machen mich krank!« Wenn Wegner dann seinerseits von Beschwerden berichtete, so gleichfalls von solchen, die nach dem heutigen Wissensstand der Medizin psychosomatische Ursachen haben konnten, und er konterte auf diese Art mit einem »Schau du bloß, was deine Eifersucht an meinem Körper anrichtet, wie deine idiotische Eifersucht mich zugrunde richtet!«

Übrigens ging es ihm gut, nichts tat ihm weh, er konnte es oft, wenn er an Gleichaltrige dachte, nicht glauben, nicht einmal die Tabletten schadeten ihm, die er oft im Übermaß schluckte, wenn er glaubte, seinen vorgeblichen Beschwerden größere Glaubwürdigkeit verleihen zu müssen.

Manchmal beendete er aber eine Aufzählung von Veras Beschwerden einfach damit: »Noch schlimmer ist ein Pickel am Arsch, und die Arme sind zu kurz zum Kratzen.« Oder er sagte: »Vielleicht solltest du nicht so viel saufen.«

Jeder in der Stadt wußte, daß Vera trank. Wegner konnte nichts dagegen tun, wollte es wahrscheinlich auch nicht. Sollte sie ihren Alkohol, wenn sie ihn denn brauchte, haben! Er drückte nur vor den anderen demonstrativ seine Mißbilligung aus. Sie hatten einen großen, wohlsortierten Weinkeller, zu dem es nur einen einzigen Schlüssel gab, den trug Wegner mit den Apothekenschlüsseln im Hosensack, an einem Ring, der mit einer langen silbernen Kette an seinem Gürtel befestigt war. Wenn Vera, wie sie das liebte, in der Bibliothek, unterm gotischen Rippengewölbe, am uralten drei Meter langen

Eichentisch Gäste zu feinsinnigem Gespräch empfing, so brachte Wegner ihnen eine Flasche Wein, ob sich nun zwei Gäste eingefunden hatten oder auch zehn, immer nur eine Flasche, dann zog er sich zurück und war nicht mehr dazu zu bewegen, eine weitere Flasche herauszurücken. So saß die kleinere und schneller noch eine größere Gesellschaft bald auf dem Trockenen, denn die eigenen Flaschen, die sie an den wunderlichsten Stellen im Haus versteckte, hielt Vera vor ihren Gästen verborgen.

Zu ihnen gehörte regelmäßig der Direktor des Gymnasiums, ein Germanist, der an Vera nicht nur die Reste der einstigen üppigen Schönheit bewunderte, sondern mehr noch die Dichterin in ihr.

Sie hatte vor Jahren ein von Wegner finanziertes Bändchen mit etwas wirren, gekünstelten Gedichten herausgebracht, das den Titel trug »Dies steinerne Haus«, womit das Apothekerhaus gemeint war, das seit nunmehr sechs Generationen im Besitz von Wegners Familie war. Vera identifizierte sich ganz und gar mit diesem im Kern noch gotischen Haus, die barocke Fassade war erst im späten siebzehnten Jahrhundert vorgeblendet worden, und die kleine Schar von Veras Bewunderern sah sie, die Dichterin, eins mit diesem Haus. Allein deshalb konnte Wegner sicher sein, daß sie ihn nie verlassen würde, weil sie dann auch »dies steinerne Haus« verlassen müßte, das ihr Markenzeichen geworden war und in dessen Arkadenhof sie sommers ihre Soireen abhielt, bei denen ein vom Musiklehrer des Gymnasiums geleitetes Streichquartett Stückchen von Schubert spielten oder von Haydn und Mozart. Dazwischen trug Vera Gedichte vor, von Goethe, von Hölderlin, von Brecht, von Stefan George, ihrem literarischen Hausgott, und zuletzt immer ein eigenes. Sehenswert, fand Wegner, war dann ihr Erscheinen im kerzenerleuchteten Hof, sie kam nicht einfach die Treppe herunter, sie trat auf, sie erschien: Im langen schwarzen Samtrock, dazu ein miederähnliches weinrotes Oberteil, das ihre üppigen Brüste stützte und nach oben, aus dem Mieder heraus wölbte; bei einem näheren Hinsehen, das den Gästen freilich, wie Wegner hoffte, verwehrt blieb, hätte man erkennen können, daß die Haut am Dekolleté von zuviel Höhensonne grobporig geworden war wie Schweinsleder. Ihr Lippenstift, vom gleichen Weinrot wie das Mieder, machte die Lippen doppelt so breit, wie sie waren, machten sie, schien Vera zu denken, sinnlich und lockend.

Wenn, was oft geschah, nur wenige Besucher zu einer Soiree kamen, so sprach sie von »diesem kleinen, aber erlesenen Kreis«, der sich hier versammelt habe im Hofe dieses steinernen Hauses.

Wegner hatte sich jetzt neben sie gesetzt, er hörte den Fernsehnachrichten zu, ohne große Hoffnung, dann stand er auf und ging hinauf in sein Schlafzimmer.

Er müsse, dachte er, sich langsam an den Gedanken gewöhnen, daß ihre Aktion auf irgendeine Art gescheitert war. Nicht eine Sekunde hatten sie daran gezweifelt, daß ihre Aktion einen gewaltigen Wirbel in den Medien auslösen würde, nun war sie vielleicht, man mußte immerhin damit rechnen, einfach verpufft, ein Furz im Wald, dachte Wegner, ein ganz leiser nur.

Dann also das Gift! dachte er weiter, trotzig jetzt. Wenn sie's so haben wollen, dann werden wir das Gift einsetzen.

Wenn man Grossmann glauben durfte, dann stand das Gift bei ihm zu Hause schon bereit für den Einsatz, woher es kam und was es eigentlich wirklich war, hatte er auch Wegner und Hladek gegenüber nicht sagen wollen: »Je weniger ihr darüber wißt, umso besser für euch.«

Was mochte schiefgegangen sein? überlegte Wegner jetzt. Wo mochte der Fehler, den es ja wohl geben mußte, gesteckt haben? Er fand keine Antwort, aber dies war ihm auf einmal klar: Nicht alles war also vorausberechenbar. Wenn sie weitermachten, würde ihnen, fürchtete Wegner plötzlich, bald die Kontrolle aus der Hand gleiten, er glaubte mit einem Mal zu wissen, daß ihnen das alles unweigerlich über den Kopf wachsen würde. Sie mußten den Plan aufgeben! Aber er würde diesen Vorschlag gewiß nicht machen. Wenn sie sich eingestanden, daß sie nicht schaffen konnten, was andere mit Bravour und mächtigem Medienecho geschafft hatten, so würde daran über kurz oder lang ihre Gruppe auseinanderbrechen. Die Ausrede, daß man auch anders als durch direkte Aktionen und ohne öffentlichen Ruhm für die gemeinsame Sache arbeiten konnte, würde keiner von ihnen gelten lassen.

Er mußte mit Wischnewski darüber reden! Gleich morgen mußte er ihn anrufen! Oder nein, natürlich nicht telefonieren! Aber morgen am Abend würde er ihn besuchen.

6

Mehr oder weniger«, sagt der Major, »behaupten Sie, Sie seien Opfer einer rechtsradikalen Verschwörung.«

»Wie würden Sie es denn nennen?« fragt Martha Dressler. »Und er hat's doch selber zugegeben ... Das heißt, zuerst hat er natürlich alles abgestritten, dann hat er versucht, mich zu belügen, und ich wäre ihm, er ist ziemlich geschickt, wissen Sie, beinahe drauf reingefallen ... Aber am Ende hat er's dann zugegeben, er konnte es nicht mehr abstreiten, das war am letzten Samstag ...«

Das Gefühl, Wegner betrogen zu haben, hatte sich auch durch hundert Argumente, deren Richtigkeit auf der Hand lagen, nur mildern, nicht aus der Welt schaffen lassen. Natürlich hatte er kein Recht auf ihre Treue, natürlich war, was sich in ihr, zu ihrem Erstaunen übrigens, als Schuldgefühl regte, nichts weiter als ein durch ihre verschroben konventionelle Erziehung bedingter Reflex, aber das Schuldgefühl war da, und sie wußte auch, woraus es sich nährte: Der Augenblick, da sie gewußt hatte, daß sie mit Alexander schlafen würde, war auch ein Augenblick des Triumphes über Wegner gewesen, der bewies, daß sie nicht, wie sie in den letzten paar Jahren schon zu glauben geneigt gewesen war, abhängig war von ihm.

Ihm alles zu sagen, ihren kleinen, vielleicht billigen Triumph auf diese Art erst wirklich zu einem zu machen, ihn dafür zu bestrafen, daß er sich in dem für ihn so bequemen Arrangement allzu behaglich fühlte, und dem längst überlebten Verhältnis damit ein Ende zu setzen, dieser Versuchung hatte sie nur schwer widerstehen können – und hatte ihr doch widerstanden, aus Feigheit vermutlich. Oder aber, was sie lieber glaubte, weil sie dadurch alles, was schön gewesen war an jenem Abend mit Alexander, zerstört hätte.

Immer noch rief Alexander an, wenigstens jeden zweiten

Tag, manchmal auch zweimal am Tag, er drängte nicht mehr darauf, sie zu sehen, wollte, wie er sagte, nur ihre Stimme hören, obwohl Martha nur wenig sagte, er selbst redete die ganze Zeit, erzählte davon, wie er die Tage verbrachte, nannte Personen, die Martha nicht kannte, in einem Ton, als wisse Martha Bescheid über sie, und immer wieder betonte er, sich in Geduld üben zu wollen, er werde und könne warten, umso mehr als er überzeugt davon, ja hundertprozentig sicher sei, daß Martha zu ihm zurückkehren werde, und immer lachte sie, wenn er »zurückkehren« sagte.

Sie sagte ihm jedes Mal »Es hat doch keinen Sinn«, aber sie sagte ihm nicht, daß er nicht mehr anrufen solle, und längst hatte sie angefangen, auf seine Anrufe zu warten.

Sie hatte in diesen neun Tagen alle Möglichkeiten, die es gab, hundertmal herumgedreht und von allen Seiten betrachtet. Den Gedanken eines ganz offenen, allgemein bekannten Verhältnisses mit Alexander malte sie sich am liebsten aus, das blanke Entsetzen mancher Damen, das Getuschel; mit Alexanders Mutter besuchte sie immerhin an den Montagabenden gemeinsam den Gymnastikkurs, die Ächtung all der Damen würde gnadenlos sein, sie würden um ihre Söhne bangen und hätten endlich einmal ein anderes Gesprächsthema als das, welche blähenden Speisen vor dem Gymnastikabend zu vermeiden seien. Man würde Martha mit Beranek auf eine Stufe stellen und ihr, vergleichbar oder nicht, ganz gewiß nicht zubilligen, was man bei Beranek immerhin gnädig zu übersehen bereit war.

Eine zweite Möglichkeit wäre es gewesen, Alexander heimlich in Wien zu treffen, für die dritte, ihn kein zweites Mal zu treffen, hatte Martha sich, so gern sie mit den anderen auch spielte, längst entschieden. Sie war, daran war wohl nicht zu zweifeln, an Wegners Seite oder – richtiger – neben ihm in eine Sackgasse geraten, aber sie hatte für sich beschlossen, daß Alexander nicht der Ausweg war, nicht sein konnte und nicht sein würde.

Der Anfang einer Lösung, nach der sie anscheinend aber noch nicht ernsthaft genug suchte, wäre vermutlich gewesen, das Verhältnis mit Wegner ganz einfach zu beenden, ohne irgendwo anders hinzuschielen, aber dazu war sie, aus welchen Gründen auch immer, noch nicht bereit.

Frau Dressler!«

Martha Dressler erschrickt.

»Frau Dressler, hören Sie mir überhaupt zu?« fragt der Major. »Wenn Herr Wegner ein Rechtsradikaler ist, dann kann Ihnen das doch nicht acht Jahre lang verborgen geblieben sein.«

»Ich hab, glaub ich«, sagt Martha langsam, »nie wirklich darüber nachgedacht. Politik hat mich nicht interessiert, oder, wie soll ich sagen?, ich hab das nie verstanden. Nicht in dem Sinn, daß ich nicht begriffen hätte, was der eine oder andere Politiker sagt oder tut. Ich hab nur immer wieder das Gefühl, daß die ganz anders denken als ich, nicht bloß inhaltlich, sondern, wie soll ich's ausdrücken?, auch strukturell. – Wirklich«, sagt Martha dann nachdenklich, »unter einem Rechtsradikalen hab ich mir, falls überhaupt etwas, immer etwas ganz anderes vorgestellt. Nach Bier stinkende alte Männer in Steireranzügen mit Naziorden auf der Brust. Oder junge kahlgeschorene Männer mit Bomberjacken und Fallschirmspringerstiefeln. Ich bin ... ich war, glaub ich, ziemlich naiv in dieser Hinsicht.«

Für Martha war Wegner ein Konservativer. Konservativ im besten Sinn, hatte sie manchmal gedacht, dann wieder, in ihrem Urteil schwankend, konservativ auf fast skurril altmodische Art.

Um die Festigkeit seiner Überzeugungen, die nicht die ihren waren, und um die Unverrückbarkeit seines Weltbildes, das sie nicht teilte, beneidete sie ihn manchmal.

Er dachte in großen Zusammenhängen, er überblickte Entwicklungen über Jahrhunderte hinweg, er ließ sich von keinem vorschreiben, wie er zu denken hatte. Die heutige Meinungsdiktatur, wie er es nannte, war ihm zuwider wie nichts sonst. Er räumte die Möglichkeit sich zu irren ein, aber er bestand auf seinem Recht, anders zu denken als jene, die in jenen Bahnen dachten, die seinerzeit von den Alliierten, den Siegermächten vorgezeichnet und vorgeschrieben worden seien, anders natürlich auch als die Achtundsechziger, deren Ideologie sich wie feiner Staub über alle Bereiche der Gesellschaft, der Politik, des Denkens gelegt, sie stumpf und blind gemacht habe, der in die letzten, feinsten Ritzen eingedrungen sei; die Roten hätten, dies sagte Wegner fast anerkennend, die kulturelle Hegemonie erobert und ein Denkverbot verhängt, rigoroser als das der Katholiken in ihrer intolerantesten Zeit; jede Abweichung von ihrem Ideologiediktat werde als faschistisch indiziert und jeder Abweichler, oder wen sie dafür hielten, mit dem Antifaschismus-Knüppel geprügelt, wenn nicht erschlagen.

Martha erinnerte sich, es waren immer besondere Anlässe gewesen, bei denen er über derlei geredet hatte; kaum je in den bald zur Gewohnheit verkommenen, exakten Stundenplänen unterworfenen heimlichen Zusammenkünften in ihrer Wohnung, selten auch an den Samstagnachmittagen irgendwo draußen, sondern fast nur, wenn er sich unter Vorwänden für ein paar Tage von seiner Familie fortgestohlen hatte.

Vom Reich, Martha wußte es noch genau, hatte er ausführlich geredet, als er statt allein zu einer Fortbildungstagung in die Schweiz mit ihr vier Tage nach Sizilien geflogen war. Er meinte, wenn er Reich sagte, nicht Hitlers Reich, sondern das Reich, von dem Heinrich von Sachsen, auch Heinrich der Finkler genannt, geträumt haben mochte und das er im Kampf gegen Slawen und Awaren auch tatsächlich geschaffen hatte, das Reich der Ottonen, das Reich der Staufer.

Friedrich den Zweiten, über dessen architektonische Hinterlassenschaft sie damals in Sizilien dauernd gestolpert waren, hielt er, *stupor mundi* hin oder her, für einen Verräter an der Reichsidee, für einen großen Kaiser, das wohl, doch auch für einen Vorläufer des Gedankens der Vermanschung der Kulturen.

Ihm, Wegner, war die Idee des Reiches heilig, wie anachronistisch das auch in manch heutigen Ohren klingen mochte. Überhaupt weigerte er sich, die Geschichte, wie das Mode geworden sei in den letzten Jahrzehnten, einfach nur als Produkt ökonomischer Entwicklungen zu betrachten, für ihn standen die paar großen Ideen im Zentrum; die große Idee der Juden zum Beispiel sei der Monotheismus, die große Idee Roms sei das kodifizierte Recht, die große Idee der Deutschen sei das Reich, das mehr sei als einfach ein Nationalstaat.

Diese paar Ideen, ganz wenige nur, existierten für ihn, Martha mochte nicht daran glauben, unabhängig von einzelnen Personen, lebten aus sich selbst, suchten und fanden, »ein bißchen überspitzt formuliert«, eher von sich aus bestimmte Menschen als Träger, als Verkörperer, als daß sie von Menschen geschaffen oder erfunden würden.

Generell war für Wegner Geschichte über das von Menschen Gemachte hinaus etwas Lebendiges, vor dem der Mensch bestehen müsse, vor dem er am Ende sein Tun zu verantworten habe.

Martha genoß es, mit Wegner zu verreisen, nicht nur weil er dann Zeit für sie hatte, sie genoß das Leben in Luxushotels, gerade weil ihre eigene, eigentliche Art zu reisen ganz anders war. Sie setzte sich am ersten Tag der Sommerferien ins Auto und fuhr los, ohne konkretes Ziel. Manchmal fuhr sie Richtung Südfrankreich, und es konnte geschehen, daß sie in Calabrien oder in Griechenland oder in Andalusien landete. Zwei Monate lang im Sommer, manchmal auch die zwei Wochen der Weihnachtsferien lang ließ sie sich treiben, immer neugierig auf den nächsten Tag. Sie las keine Reiseführer und mied die Sehenswürdigkeiten der Länder, durch die sie fuhr, auch fotografierte sie nichts. Sie blieb, wo es ihr gefiel, doch selten länger als zwei Tage. Das ganze Jahr lang, dachte sie manchmal, lebte sie nur auf diese Zeit hin, und lebte auf, wenn sie irgendwo bei Gemona oder am Gardasee oder irgendwo in Kroatien oder in der Provence den ersten Ölbaum sah; sie sei, sagte sie manchmal zu Rena, nur deshalb Lehrerin geworden, weil kein Beruf sonst so viel Zeit zum Reisen lasse. Als Studentin hatte sie als Reiseleiterin, als Reisebegleiterin gearbeitet, dabei war ihre Sehnsucht erwacht, ohne Plan, ohne Begleitung, ohne die Sicherheit vorbestellter Hotels zu reisen. In der Pension, sagte sie manchmal zu Rena und wußte nicht, ob sie es nicht wirklich ernst meinte, würde sie ihre Wohnung aufgeben und nur mehr reisen.

Wegner wußte von all dem nur wenig, sie hatte ein paarmal versucht, ihm zu erklären, warum das ihr eigentliches Leben war, keine Flucht vor irgendwas, keine romantische Attitüde, sondern einfach Teil ihres Lebens und gewiß nicht der unwichtigere, aber sie hatte sich ihm nicht verständlich machen können. Seither redete sie selten darüber, sie wollte keine Mißverständnisse korrigieren, sie wollte, dies wurde ihr immer klarer, nichts erklären, sie wollte nicht verstanden werden, sie wollte es nicht teilen.

Wegner, rasch zur Hand mit abschließenden Urteilen, hielt es für eine Marotte, für eine gefährliche Marotte sogar, was konnte da alles passieren!, und es interessierte ihn, einmal etikettiert, kaum noch, wie ihn ihr Denken überhaupt nur zu interessieren schien, wenn er es widerlegen konnte.

Er selbst glaubte an die *stabilitas loci*, an die Seßhaftigkeit, an Häuser, die man vererben konnte von Generation zu Generation, das Reisen hielt er für ein notwendiges Übel oder für ein Vergnügen, das durch Komfort, durch Luxus erst zu einem wurde. Er glaubte ans Verwurzeltsein, und er glaubte an unbestreitbare Rechte, die aus tiefen Wurzeln erwüchsen.

Wegner war, während eines kurzen Skiurlaubs hatte er das einmal ausführlich erörtert, kein Demokrat. Keine der großen Kulturleistungen der Menschheit, von den ägyptischen Pyramiden über die gotischen Kathedralen bis zu Schloß Versailles oder Schloß Schönbrunn hätte seiner Meinung nach in einer demokratischen Gesellschaft entstehen können, wo Gestaltungswille auf Abstimmungsmehrheiten angewiesen sei und daran zuschanden werden müsse. Nein, er sei überzeugt davon, daß große Ideen und die Herrschaft der kleinen Geister, was anderes sei Demokratie denn, ganz und gar unvereinbar seien, er befürworte daher die Herrschaft der Besten, nicht der Mehrheit, und er wehre sich entschieden dagegen, daß mit inquisitorischen Mitteln verfolgt werde, wer die Demokratie nicht für die allein seligmachende und allein menschliche Staatsform halte.

Freilich hatte Martha ihn nie der Hitlerschen Diktatur das Wort reden hören. Wenn er sich auch weigerte, ungeprüft alles schlecht zu finden, was zwischen 33 und 45 in Deutschland geschehen sei, und wenn er auch, worin Martha ihm heftig widersprach, daran zweifelte, daß es technisch möglich gewesen sei, sechs Millionen Juden umzubringen, so stand für ihn doch ein für allemal fest, daß der Kampf gegen England und Frankreich, ein innereuropäischer Bruderkrieg, recht verstanden, ein auf lange Sicht verhängnisvoller Fehler Hitlers gewesen sei.

Falls ein Krieg, etwa von einer höheren Warte aus gesehen, tatsächlich unvermeidlich gewesen sei, so hätte man von Anfang an und möglichst gemeinsam mit den Westmächten gegen den Osten kämpfen müssen. Hitler sei durch eigenes Erleben im Ersten Weltkrieg auf die sogenannte Erbfeindschaft mit Frankreich fixiert gewesen, ein schrecklicher, verhängnisvoller, folgenreicher Fehler, wie gesagt, denn der Krieg im Westen habe jene Kraft verschlissen, die am Ende dann im Osten gefehlt habe.

Vor allem aber waren die Nazis für Wegner von ihrer intellektuellen Potenz und ihrem moralischen Habitus her, von wenigen Ausnahmen abgesehen, zu denen er wohl zweifellos seinen Vater zählte, nur wildgewordene Kleinbürger, er sehe im Nationalsozialismus, hatte er damals auf dem Arlberg zu Martha gesagt, im Grunde nichts als eine jämmerliche Karikatur einer großen Idee, wie man heute auch im Stalinismus das erbärmliche Zerrbild einer anderen, vielleicht ursprünglich gleichfalls großen Idee sehe.

Den Nazis nahm er vor allem übel, daß sie das Nachdenken über andere als demokratische Staatsformen für ein halbes Jahrhundert ebenso desavouiert hätten wie das uneingeschränkte Bekenntnis zur eigenen Nation, zum eigenen Volk.

Wegner war, darüber hatte er Martha nie im Zweifel gelassen, ein Nationalist, zwar nicht im alten Sinn, aber er bekannte sich zu dieser Bezeichnung und verwahrte sich dagegen, deshalb zum Hasser anderer Nationen gestempelt zu werden. Nicht um die Aufwertung der eigenen und die Abwertung einer anderen Nation gehe es ihm, für ihn bedingte eins das andere keineswegs, er plädierte nur dafür, daß jede Nation sich ungestört von der anderen entwickle, weil sie nur auf diese Art ganz sie selbst werden, ganz zu sich selbst kommen, sich völlig zu ihrer je eigenen Größe entwickeln könne.

Dabei war Nation für Wegner, dies unterscheide ihn, hatte er einmal in einem Seminarhotel voll üppiger Jahrhundertwende-Pracht am Genfer See betont, von den Ewiggestrigen, kein rassischer, vielmehr ein kultureller Begriff, nicht um die Höher- oder Minderwertigkeit von Rassen gehe es, sondern um die anzustrebende und zu fördernde Vielheit in sich geschlossener Kulturen, und unter der Gefahr der Überfremdung verstand er demnach weniger ethnische Bastardisierung im alten, überholten Sinn als vielmehr die Tendenz einer weltweiten kulturellen Nivellierung, die den Völkern ihr Recht auf Differenz, ihr Recht, sich bei sich selbst zu Hause zu fühlen, abspreche und damit zu gewaltigen kulturellen Ethnoziden führen müsse und werde, weshalb eine Art ethnischer Umweltschutz gefordert werden, ein Kampf gegen die Verschmutzung der ethnischen Natur geführt werden müsse.

Freilich könne, auch wer das Recht aller Kulturen auf ihre eigene Entwicklung fordere, die Überlegenheit der europäischen Zivilisation nicht bestreiten, die längst zu einer globalen geworden sei, durchaus nicht, wie das die Linken gerne behaupteten, weil sie allen anderen kolonialistisch aufgezwungen worden sei, sondern weil sie sich eben als überlegen, deshalb als nachahmenswert erwiesen habe. Und der heute so verteufelte Kolonialismus bestätige eben das, denn nur den europäischen Mächten sei es je gelungen, sich, wenn auch nur auf begrenzte Zeit, die gesamte Welt zu unterwerfen.

Oft, und dies sogar auch in Marthas Wohnung, redete Wegner von den Parallelen zwischen dem gegenwärtigen Zustand der westeuropäischen Gesellschaften und dem Ende des Römischen Reiches, auch damals habe man jene, die das Reich zu zerstören trachteten, ungehindert einwandern und sogar in hohe Stellungen aufrücken lassen, habe kulturelle Einflüsse von überall aufgenommen, mit der eigenen Kultur vermanscht, bis jener multikulturelle Morast entstanden sei, in dem, als erst einmal die eigene Identität unerkennbar geworden war, am Ende auch die politische Lebenskraft erstickte. Eben das bahne sich, sagte Wegner, jetzt wieder an.

Einmal sprach Martha mit Beranek, dem Geschichtslehrer, über all das. Man könne, räumte der widerwillig ein, historisch manches durchaus so sehen, wie Wegner es sah, ja es werde, scheine ihm, durchaus wieder Mode, es so zu sehen. Über Geschichte zu reden, bedeute unweigerlich immer auch, sie zu interpretieren, und dabei komme es eben auf den Standpunkt des Interpreten an.

Wegners Perspektive sei wohl nicht zuletzt, vermutete Beranek, von seiner Zugehörigkeit zu einer schlagenden Studentenverbindung geprägt, in der er, wie man höre, manche Mensur geschlagen habe, wenn man das seinem Gesicht auch nicht auf den ersten Blick ansehen könne.

Wegner und wohl auch seine Freunde seien, sagte Beranek, Vor-Achtundsechziger, deren Weltbild am Ende der sechziger

Jahre schon so in sich gefestigt, um nicht zu sagen, verfestigt gewesen sei, daß sie das damals Neue oder neu Aufgezeigte als bekämpfenswerte Bedrohung empfunden hätten. »Am Verhältnis zu den Vätern«, sagte Beranek, »läßt sich das schön ablesen. Die Achtundsechziger haben die Rolle der Väter während der Nazi-Zeit hinterfragt, wie man das damals nannte, und sie allenfalls auch als Mörder oder wenigstens Mitläufer entlarvt.«

Nicht was, aber wie er es sagte, der weitschweifig belehrende Ton Beraneks erinnerte Martha plötzlich an Wegner. Was mag ich, überlegte sie, nur an mir haben, was Männer so sehr reizt, mir des langen und breiten die Welt zu erklären?

Das, neben etlichen anderen Vorzügen, sollte sie wenig später so sehr zu diesem fünfundzwanzigjährigen Mann, der Alexander hieß, hinziehen, daß der, und sei es nur, weil er es seiner Jugend wegen noch nicht wagte, sich keine Welterklärungsmonologe anmaßte.

»Die Vor-Achtundsechziger«, fuhr Beranek fort, »bestehen, auch wenn sie heute von den Verbrechen der Nazis wissen, darauf, daß der Einsatz ihrer Väter im Krieg nicht nur verwerflich gewesen sein kann. Und du kannst es niemandem vorwerfen, wenn er seinen Vater, unabhängig davon, was der wirklich war, nicht als Verbrecher sehen möchte. Manche von denen haben ihre Väter im Krieg verloren, sie möchten das, wer kann's ihnen verdenken, als Heldentod sehen, jedenfalls nicht an einen absolut sinnlosen Tod glauben müssen. Da hängt zu Hause das Bild eines jungen Mannes in Uniform, den sie kaum gekannt haben, er ist tot, aber ein Held, immerhin, sein Name steht auf dem Kriegerdenkmal, seinen Heldenstatus anzuzweifeln, hieße seinen Namen zu schänden, der auch der eigene ist. Man attackiert vielleicht leichter einen noch lebenden als einen toten Vater.«

»Gernots Vater«, sagte Martha, »war, glaub ich, hoher Parteifunktionär ...«

»Aber doch bestimmt einer, der nie wem was zuleide getan hat, oder? Wie viele Juden hat er denn gerettet?«

»Die Russen haben, hat Gernot einmal erzählt, das Haus und die Apotheke beschlagnahmt, und sein Vater hat erst 1949 wieder wählen dürfen.«

»Also ein Opfer«, Sarkasmus in der Stimme, ein wissendmüdes Grinsen in Beraneks Gesicht, »die einen haben unter den Nazis gelitten, wir Nazis haben unter den Russen gelitten und unter der Entnazifizierung, also sind wir quitt. Das ist der zweite beliebte Grund, die Väter nicht zu hinterfragen. Ein bißchen einfach, nicht?«

Dann ging er auf »die rechte Behauptung, es gäbe da ein von den Alliierten verhängtes Denkverbot« ein, legte dar, diese These werde seit geraumer Zeit auch von jüngeren Philosophen, »oder was sich dafür hält«, vertreten, die man gewiß nicht als rechtsextremistisch einstufen könne, die sich aber mit ihrer Forderung, man müsse alles diskutieren können, zu Wasserträgern der Rechtsextremen machten.

Ein Philosophiedozent, dem eine Tageszeitung immer wieder ein paar Kommentarspalten überlasse, halte es für einen Mangel an Diskussionskultur, daß man den extremen Rechten den Zugang zu werbewirksamen Fernseh-Talkshows verweigere. Es sei übrigens jener Herr, der, bundesdeutschen Vorbildern folgend, all jene, die sich der heraufdämmernden Haiderei entgegenstellten, als »die guten Menschen von Österreich« denunziere, die angeblich das Denken durch die Moral ersetzt hätten, eine verräterische Formulierung übrigens, denn beides zusammen, nämlich moralisch verantwortliches Denken, scheine er nicht für möglich zu halten. Und daß die Rechten das alles zu ihrer »Tugendterror«-Behauptung umgemünzt hätten, scheine ihn nicht zu stören. »Und wenn schon! Ein bißchen dahinphilosophieren wird man doch noch dürfen!« Hinter all dem stehe natürlich der fromme Wunsch jenes Herrn, als Ketzer anerkannt zu werden, »der Dozent möchte Ordinarius werden, dafür muß er bekannt werden, warum nicht als Ketzer? Diese Art der Karriereplanung beinhaltet auch gleich die Ausrede fürs immerhin mögliche Scheitern. Wird er nicht Ordinarius, dann doch nur, weil Denker, die sich nicht der herrschenden Meinung unterwerfen, hierzulande eben nichts werden können.«

Er, Beranek, finde das alles zum Kotzen, für ihn sei der Schoß fruchtbar noch, aus dem dies von seinerzeit alles gekrochen sei, er plädiere sehr heftig dafür, daß die Propagandisten der alten Ideen, in welcher Verbrämung sie heute auch immer präsentiert würden, in der Quarantäne ihres Sudelschrifttums gehalten würden.

Martha hörte ihm, da er sich nicht mehr direkt auf Wegner bezog, nicht länger zu. Sie wußte, es wäre Wegner nicht recht, daß sie mit Beranek auf diese Art über ihn sprach.

Auch mit Rena hatte sie einmal versucht, über all das zu reden, aber Rena wollte von Politik nichts wissen, ihr sei es piep- und schnurzegal, wie ein Mann denke, da er ja doch nur wie ein Mann denken könne, mit dem Schwanz nämlich statt mit dem Hirn.

Wegner rede, behauptete er immer wieder, nur mit ganz wenigen Menschen darüber, wie er wirklich dachte, »die Zeiten sind einfach nicht danach«. Daß er seine Gedanken wenigstens in ein paar Grundzügen vor Martha ausbreite, sei ein Beweis dafür, daß er ihr voll und ganz vertraue.

Daß er ihr vertraue, sagte er oft, und immer klang es wie ein Appell (den Martha lange nicht verstand).

Sie dachte selbst ganz anders als er, oft sagte er in nachsichtigem Ton »meine kleine Linkskatholikin« zu ihr, was sie ihrer eigenen Meinung nach ganz gewiß nicht war, was sie jedenfalls nicht sein wollte, wenn sie auch nicht wußte, wie sie sich sonst hätte nennen sollen.

Er dachte innerhalb eines geschlossenen, in sich stimmigen Systems, seine Gedanken waren scharf konturiert, ihre hingegen, so fand sie, immer ein wenig ausgefranst. Sie dachte die Gegenargumente jedesmal gleich mit und die Gegenargumente gegen die Gegenargumente, nie kam sie auf einen grünen Zweig, nie kam irgendeine Gewißheit zustande.

Mühelos gelang es Wegner, ihr, wenn sie sich wieder einmal, wie er es nannte, in einen Wirbel hineinargumentiert hatte, zu erläutern, was sie eigentlich gemeint hätte, er formulierte ihre Gedanken klarer, als sie es je können würde, und dann widerlegte er sie.

Wo denn in Wegners Weltbild der einzelne Mensch seinen Platz und welchen Wert er habe, hatte sie einmal in Hladeks Jagdhütte im Waldviertel gefragt, und er hatte sie gar nicht ausreden lassen, vielmehr sogleich definierend ergänzt: »Die vielen Menschen, denen große Ideen ganz wurscht sind, die auch gar keine Zeit dafür haben, weil sie alle Hände voll zu tun haben, irgendwie den Lebensunterhalt zu bestreiten, irgendwie über die Runden zu kommen. Meinst du die?« hatte er gefragt, ohne Martha Gelegenheit für eine Antwort zu geben. »Die oft auch nicht schuld daran sind, daß es ihnen dreckig geht, die man aber doch auch nicht einfach auf irgendeine große Idee verweisen oder auf irgendeine Gerechtigkeit später einmal vertrösten kann.«

Wegner wußte, daß Martha eben die gemeint hatte, und er sah darin den Ausdruck einer egalitären Denkweise, die zu vertreten ehrenhaft sei, die aber, weil sie der Natur des Menschen nicht entspräche, die Gefahr einer Stagnation der menschlichen Entwicklung in sich berge.

»Natürlich kann man behaupten«, hatte er gesagt, einen Einwand Marthas wie so oft gleich vorwegnehmend, »daß es ein Fortschritt der Menschheit sei, daß heutzutage hierzulande keiner mehr verhungern muß, daß kaum noch Säuglinge sterben, daß die Alten nicht mehr auf die Freigebigkeit und Dankbarkeit ihrer Kinder angewiesen sind. Aber die Kehrseite dieses Fortschrittes ist doch, daß die Menschen sich mehr oder weniger über ihre Fähigkeit, am Konsumwahnsinn teilzunehmen, definieren. Im Mittelalter war einer vielleicht über den Gedanken, dereinst im Höllenfeuer zu schmoren, unglücklich, heute ist er unglücklich, wenn sein Nachbar sich mehr leisten kann als er.« So viel sei doch wohl sicher, daß die Doktrin Massenwohlstand die Menschen nicht automatisch glücklicher gemacht habe.

Die Natur des Menschen sei es, sich vom anderen unterscheiden, nicht ihm gleichen zu wollen. An der Mißachtung dieser elementaren Erkenntnis seien all die gleichmacherischen Utopien vom Christentum bis zum Marxismus hin gescheitert, und daran werde auch der letzte Höhepunkt dieser egalitären Denkweise scheitern, nämlich die Forderung nach einer multikulturellen Gesellschaft, die in sich den inhumanen Kern der Gleichmacherei entlarve, weil sie, genauer betrachtet, eine neue, nämlich eine assimilierende Form des Rassismus sei, die den einzelnen Kulturgemeinschaften, damit dem einzelnen Menschen das Recht auf seine Besonderheit abspreche.

Wenn Wegner Marthas Einwände, die er, von ihr ausgesprochen oder von ihm selbst schon vorweggenommen, widerlegte, so mußte Martha sich nicht einfach niedergeredet fühlen. Manches schien ihr dann plausibel, immer zumindest bedenkenswert. Ein paar Tage später aber, wieder allein in ihrer Wohnung, kam sie sich nur rhetorisch besiegt, aber nicht überzeugt vor.

Sie wollte nicht denken wie er, wie sie auch nicht wie Beranek denken wollte, sie hätte nur gerne so schwer widerlegbar wie Wegner argumentiert. Und darum, daß er ein wohlgefügtes, stabiles Denkgebäude bewohnte, beneidete sie ihn tatsächlich, da sie doch, wie sie meinte, in dieser Hinsicht auf freiem Feld, auf offener Straße und ganz ungeschützt hauste. Ein Gedankendach überm Kopf hätte sie schon gern gehabt, wenn auch nicht unbedingt Wegners.

Mir kommt vor«, sagt Martha Dressler, »die Tatsache, daß ich sein Weltbild irgendwie akzeptiert hab, hat vor allem damit zu tun, daß er es nur bei diesen besonderen Gelegenheiten erörtert hat, die, wie soll ich sagen?, den Alltag der jederzeit verfügbaren, aber anspruchslosen Geliebten durchbrochen haben …«

Der Major scheint einen Widerspruch entdeckt zu haben: »Sie nennen sich eine jederzeit verfügbare, aber anspruchslose Geliebte, aber grad vorhin haben Sie – sinngemäß – gesagt, daß Sie nicht geheiratet werden wollten, daß Sie … – Worüber lachen Sie?«

»Weil Sie wie Wegner reden oder wie Beranek«, sagt Martha. »Aber, jaja, Sie haben recht, da stimmt wieder einmal was nicht zusammen, was? Beides ist aber richtig. Es gibt nicht nur entweder oder. Mir hat gefallen, daß ich von ihm keinen Heiratsantrag zu erwarten hatte, aber mir hat nicht gefallen, daß er das als ganz selbstverständlich hingenommen hat. Vielleicht geht das wirklich nicht zusammen, aber ich bin nicht sicher. Übrigens, da fällt mir grad ein, in den letzten drei Jahren hat er, drei- oder viermal sind wir noch zusammen weggefahren, fast überhaupt nicht mehr über diese Dinge geredet. Irgendwas ist geschehen vor drei Jahren, heute kann ich mir vorstellen, was das war, aber damals hab ich angenommen, daß er, wie drück ich's aus?, meiner überdrüssig geworden ist, aber jetzt glaub ich eher, es hat was mit dieser Geschichte zu tun. Vielleicht hat das damals angefangen.«

»Die große Verschwörung«, sagt der Beamte, und der Unterton ist nicht mehr nur ironisch. Er macht sich ganz offen lustig über Martha. »Wer, meinen Sie, gehört aller dazu? Außer den Herren …«, er sucht die Namen in seinen Notizen, »Wegner, Hladek und Grossmann?«

»Lederer vielleicht«, sagt Martha Grossmann, »ein Holzhändler. Vielleicht auch Greinthaler, der Optiker. Und wahrscheinlich Wischnewski, auch ein alter Freund von Wegner …«

»Was macht der?«

»Der ist irgendein hohes Tier, ich glaub, im Verkehrsministerium. Oder nein, im Innenministerium, ja, ich bin ganz sicher.«

»Ein wahrer Abgrund an Verschwörung tut sich auf«, sagt der Major.

7

Fest steht«, sagte Doktor Wischnewski, »die haben sich alle irgendwie geeinigt, die Briefe einfach totzuschweigen.«

Wegner erschrak und gab sich Mühe, es zu verbergen. Felsenfest hatten sie darauf vertraut, daß die Medien bei einer solchen Geschichte sofort anbeißen würden. Nun mußten sie, wenn sie ernst genommen werden wollten, tun, womit sie aller radikalen Eloquenz zum Trotz im Ernst nie gerechnet hatten, nun würde, nun mußte es Tote geben ...

»Ich hab leider nicht die leiseste Ahnung, wie das funktioniert hat«, sagte Wischnewski. »Was immer da passiert ist, ich geh davon aus, daß es schon am Wochenende passiert ist. Der Minister hat was damit zu tun, keine Frage, aber ins Ministerium ist der Brief erst am Mittwoch gekommen, und der Minister hat ihn, das weiß ich verläßlich, erst am Donnerstag in die Hand gekriegt, weil er am Mittwoch in Budapest war. Vielleicht hat ihn aber irgendein Journalist schon am Wochenende angerufen ...«

Wischnewski, Doctor juris und Ministerialrat im (wir wissen es schon:) Innenministerium, wohnte in einer Jugendstilvilla, die er von seinen Eltern geerbt hatte, und fuhr fünfmal die Woche pünktlich um sieben Uhr fünfzehn zur Arbeit nach Wien. Wann immer möglich, war er um sechs am Abend wieder zu Hause, zumal wenn es Arbeit im Weingarten gab, den er vor ein paar Jahren erworben hatte, gemeinsam mit dem Preßhaus, in dem er jetzt mit Wegner saß, und einem Weinkeller; seither nannte er sich gerne einen Nebenerwerbsbauern. Den Keller hatte er tiefergraben lassen, ganz unten befand sich jetzt ein vollkommen schalldichter Pistolenschießstand, den Wegner kannte und ein paarmal im Jahr benützte, daneben eine Kammer, die Wischnewski auch vor Wegner geheimhielt, darin er Waffen sammelte für den Tag, der seiner Meinung nach bald kommen mußte, Sturmgewehre, Maschinenpistolen, Panzerabwehrwaffen, auch Sprengstoff.

Sie tranken jetzt den Blaufränkischen vom letzten Jahr; aus dem Weinheber, den Wischnewski im rechten Arm hielt, füllte er die kleinen Probiergläser schon zum dritten Mal.

Er habe, sagte Wegner, nie damit gerechnet, daß Hladeks Text wirklich veröffentlicht würde. Hladek als Verfasser zu nennen, war, streng genommen, gegen die Regel, aber Wegner kannte Wischnewski genau wie Grossmann und Hladek von Kindheit an.

Zu Volksschulzeiten, vom letzten Kriegsjahr an, war Wischnewski jeden Tag im Apothekerhaus gewesen, das eine Jahr noch im Haus am Stadtplatz, dann in der Russenzeit im kleinen Häusl in der Friedhofsgasse, jeden zweiten, dritten Tag hatte er dort zu Mittag gegessen, und vor drei Jahren war es Wischnewski gewesen, der Wegner davon überzeugt hatte, daß die Zeit gekommen sei, für ihre Sache jetzt auch aktiv zu werden und durch die Tat einzustehen.

Wischnewski hatte ihn bewogen, selbst eine Dreier-Gruppe aufzubauen, und ihn mit den Regeln der konspirativen Arbeit vertraut gemacht; wenn er sich auf irgendeinen verlassen konnte, dann auf Wischnewski, das stand fest für Wegner.

»Niemand wird den Text in der vollen Länge publizieren«, sagte er, »damit haben wir gar nicht gerechnet, und wie du weißt, geht's darum ja auch nicht.«

Wischnewski nickte und überlegte dann: »Der Minister muß irgendwas in der Hand haben, sonst lassen die Zeitungen sich das doch nicht entgehen! Unser Trinkwasser ist in Gefahr! Von so einer Geschichte leben sie sonst eine Woche lang, mindestens! Klar, die Zeitungen hängen alle am Tropf der staatlichen Presseförderung, auch die reichen wollen darauf nicht verzichten …« Über die Kumpanei zwischen Journalisten und Politikern brauche man, sagte er weiter, nicht zu reden, die Ehrlosigkeit verbinde sie, was immer sie sonst auch trennen möge, dennoch oder vielmehr eben deshalb hätte er darauf geschworen, daß einer von den Schreiberlingen der Versuchung nachgeben würde.

Wischnewski war, Wegner konnte es nicht übersehen, ernstlich besorgt. Er war ein kleiner, zart gebauter Mann, der sich stets kleidete, wie sich, in seiner Vorstellung, englische Landadelige kleideten. Um Sakkos, Anzüge und Schuhe zu kaufen, flog er nach London, auch seinen weißen Bullterrier, den er Churchill nannte und der jetzt unter der alten Weinpresse schlief, hatte er aus England geholt. Wenn er mit ihm durch die Stadt ging, genoß er es, wenn die Leute instinktiv zurückwichen vor seinem Hund, und stundenlang konnte er über den gewaltigen Kieferdruck des Tieres reden und dessen Fähigkeit, auf Befehl einen Menschen schneller buchstäblich zu zerfleischen als irgendein Hund irgendeiner anderen Rasse.

Und eines Tages, sagte Wischnewski oft, würde er Churchill diesen Befehl geben. Wegner konnte es nicht leiden, wenn er so redete, er fürchtete außerdem, daß er auch anderen gegenüber so sprach, und hielt Wischnewskis Gerede manchmal sogar für gefährlich. Daß sie ihn, dem Anschein nach, im Ministerium kalt gestellt hatten, das kam Wegner auf einmal nur logisch vor.

Vielleicht sei, was immer da passiert sei, schon viel früher passiert, sagte Wegner jetzt, vielleicht gebe es ein schon älteres Abkommen zwischen dem Minister und den Medien, solche Dinge nicht mehr zu veröffentlichen. Es erscheine ihm, von der Seite der Gegner her betrachtet, keine unvernünftige Maßnahme …

»Aber warum weiß ich nichts davon?« fragte Wischnewski. »Von Rechts wegen müßt ich's wissen.«

»Vielleicht mißtrauen sie dir.«

»Nein, auf gar keinen Fall!« sagte Wischnewski, und Wegner konnte ihm nicht ansehen, ob er es wirklich glaubte.

Wischnewski war, einem streng katholischen, fast bigotten Elternhaus entstammend, seit vierzig Jahren Mitglied der Sozialdemokraten, hätte sonst im Innenministerium nicht viel werden können.

Er sei, sagte er manchmal im vertrauten Kreis, ja tatsächlich

Sozialist, falls man darunter verstehe, sich für die wahren Interessen der Arbeiterschaft einzusetzen, er kenne sie, und es seien eben auch nationale Interessen, die heutzutage aber mißachtet würden, sehr zum Mißfallen der Arbeiter, man brauche sich ja nur umzuhören am Wiener Brunnenmarkt oder in irgendeiner anderen Arbeitergegend. Nicht er habe sich von den Grundsätzen der Sozialdemokratie entfernt, vielmehr hätten deren heutige Führer einen wesentlichen Teil der Interessen der Arbeiterschaft verraten.

In diesem Denken wußte er sich mit etlichen hohen Beamten des Innenministeriums und mehr noch des Wiener Polizeipräsidiums einig. Sie empfanden es als ihre Pflicht, der volkszerstörenden Politik, wie sie derzeit betrieben würde, gegenzusteuern, und fühlten sich als Avantgarde einer kommenden Politik, die sich wieder an heute denunzierten Werten wie Ehre, Anstand, Treue, Heimatverbundenheit und Verteidigungsbereitschaft orientieren würde. Sie wußten alle, daß sie auf dieses Ziel nur hinarbeiten konnten, wenn sie diese Begriffe nur im wirklich allerengsten Freundeskreis in den Mund nahmen, und Wischnewski hielt sich selbst, all seinem Gerede zum Trotz, für den vorsichtigsten von allen. Er riß sich, wenn es um Loyalitätsbeweise der Partei oder dem Minister gegenüber ging, sozusagen ein Bein nach dem anderen aus, arbeitete in Ausschüssen und Kuratorien mit und war seit mehr als zwanzig Jahren sozialistischer Gemeinderat hier in der Stadt.

Er hatte, davon war er wirklich überzeugt, keinen Fehler gemacht, ganz bestimmt nicht, man konnte ihm gegenüber gar nicht mißtrauisch geworden sein! Dennoch war da im Ministerium etwas hinter seinem Rücken geschehen. Wer konnte ihn ausgeklammert haben, wer war dafür verantwortlich, daß man ihn nicht informiert hatte? Auf einmal zitterte Wischnewski ein wenig und hoffte, Wegner würde es nicht bemerken.

»Du machst dir Sorgen?« fragte der.

»Überhaupt nicht«, sagte Wischnewski und dann, um ganz schnell von etwas anderem zu reden: »Die Briefe im Postamt im Justizpalast aufzugeben, das war übrigens ein hübsches ironisches Aperçu. Unser unbekannter Freund und Mitstreiter hat Humor.«

Er selbst hatte die Briefe von Wegner übernommen, sie innerhalb seiner Dreier-Gruppe weitergegeben, über einen oder zwei oder drei Mittelsmänner waren sie an den gekommen, der sie schließlich aufgegeben hatte.

»Was macht die Polizei?« fragte Wegner.

Darüber wußte Wischnewski in allen Details Bescheid, zur Polizei hin funktionierten die Informationskanäle tadellos: »Die Herren Terrorspezialisten von der EBT tun, was sie immer tun: Sie tappen im dunkeln. Sie wissen, wann und wo die Briefe aufgegeben wurden, aber nicht von wem. Sie haben jedes Blatt Papier auf Fingerabdrücke hin und, was weiß ich, sonst noch untersucht, ohne Erfolg. Die Umschläge sind ja voll von Fingerabdrücken, allerhand Postler und Sekretärinnen haben darauf ihre Spuren hinterlassen. Die Herren Terrorspezialisten kennen die Computerschrift und wissen wahrscheinlich auch schon, daß es ein paar tausend, vielleicht zehntausend Drucker gibt in Österreich mit eben diesem Schriftbild.«

Die neue Technik mache es den Herren nicht leicht: Jede mechanische Schreibmaschine seinerzeit habe ihr ganz spezifisches, relativ einfach zu identifizierendes Schriftbild gehabt, ein halbwegs guter Computerdrucker aber schreibe exakt so wie jeder andere des gleichen Fabrikats.

»Jetzt wird der Text stilistisch und historisch untersucht, und dabei wird nicht mehr herauskommen als bei der früheren Untersuchung ähnlicher Art. Sie werden, das immerhin trau ich ihnen zu, herausbekommen, daß der oder die Verfasser dieser Briefe nicht identisch sind mit dem oder denen früherer ähnlicher Schreiben. Aber sie werden, da bin ich mir sicher, nichts herausbekommen, was uns beunruhigen sollte.«

Viel interessanter als die sogenannte Arbeit der EBT sei, fuhr Wischnewski fort, was für Folgen die Drohung, Gift in irgendein Wasserreservoir zu schütten, zeitige. Gestern am Vormittag habe eine Art Krisensitzung beim Minister stattgefunden, und all den bedeutenden und sonst so gut informierten Herren sei es nicht gelungen herauszukriegen, wie viele Wasserversorgungseinrichtungen, die geschützt und überwacht werden müßten, es überhaupt gebe in Österreich.

Definitiv habe man nur dies feststellen können, daß sogar, wenn es doppelt oder dreimal so viele Polizisten und Gendarmen gäbe, es nicht möglich wäre, alle diese Einrichtungen rund um die Uhr zu bewachen.

»Das war der Kerngedanke unserer Aktion«, sagte Wegner.

»Die Krisensitzung hat demnach in einer Krisenstimmung geendet, wie man mir berichtet, fast in Panik«, sagte Wischnewski.

»Wir werden beweisen, daß dieser Staat nicht imstande ist, seine Bürger zu schützen«, sagte Wegner, »darauf kommt's an. Ob sie den Text publizieren oder nicht, spielt fürs erste keine Rolle.«

Die Machtlosigkeit dieses Staates: Wischnewski wußte von neuen Gruppen innerhalb der Wiener Polizei zu berichten, die härter und radikaler an die Sache herangingen als alle bisherigen. Man habe, schien es Wischnewski, begriffen, daß es auch schmutzige Arbeit zu tun gebe und daß jemand sie erledigen müsse. Eine ganz neue und beinharte Qualität komme da auf einmal ins Spiel.

»Das sind kompromißlose Burschen«, sagte Wischnewski voll Bewunderung, »wer da dazugehören will, muß zuerst einmal einen Neger umgelegt haben.«

Wegner horchte auf, er glaubte, in den letzten Wochen ein paarmal von toten Afrikanern gelesen zu haben, hatte aber diesen Nachrichten keine Aufmerksamkeit geschenkt.

»In der Öffentlichkeit«, sagte Wischnewski, »werden diese toten Halbaffen als Opfer interner Auseinandersetzungen unter den Wiener Kaffern dargestellt, was die sowieso vorhandene Ablehnung gegen sie nur fördert. Spannungen gibt's da ja, vor allem zwischen den Nigerianern und den anderen.« Den Nigerianern sage man nach, daß sie ihre Hände im Drogengeschäft hätten, die anderen müßten zu Recht fürchten, daß der schlechte Ruf der Nigerianer auf alle Schwarzen in Wien abfärbe.

»Naja, bei solchen Differenzen kann's schon auch einmal Tote geben.« Wischnewski lachte. »In Wirklichkeit aber hat da wieder einer von den neuen Gruppen sozusagen seine Aufnahmsprüfung gemacht. Und die meisten bestehen mit Auszeichnung. Ich hab Fotos gesehen: Mit der Pumpgun aus kürzester Distanz ..., da bleibt nicht viel übrig von so einem schwarzen Affenschädel.«

In der Hauptsache gehe es, fuhr Wischnewski fort, diesen Neuen aber darum, die Exekutive selbst zu radikalisieren, indem das Gespenst einer neuen linkslinken Terrorwelle geschaffen werde. Die Linkslinken seien ja viel zu lahmarschig gewesen in den letzten Jahren, als daß man sie als Bedrohung für Recht und Ordnung hätte ansehen können, folglich müsse ein wenig nachgeholfen werden.

»Ich prophezeie«, sagte Wischnewski, »daß demnächst einmal ein Feuerüberfall auf einen Polizeistreifenwagen passieren wird, und wenn's, woran ich nicht zweifle, gut geht: Alle Insassen tot! Tote, hingemordete Polizisten! Das wird im Polizeikorps nicht ohne Folgen bleiben, zumal es ein Bekennerschreiben einer bisher wenig bekannten anarchistischen Gruppe geben wird.«

»Genial«, sagte Wegner, »wirklich genial. Wie's aussieht, geht's jetzt wirklich los.«

Als er Wischnewskis Preßhaus verließ, dämmerte es schon. Er fuhr hinein in die Stadt und dann hinter der Ulrichskirche den Hügel hinauf, auf dem sich das große Trinkwasserbecken befand, das, von Erde bedeckt und von Gras überwachsen, wie ein vorzeitliches Hügelgrab aussah.

Sollte er einen Gendarmen sehen, würde Wegner einfach weiterfahren. Aber er sah keinen Gendarmen, also ließ er das Auto stehen, wo von der Straße der Spazierweg abzweigte, der von Robinien gesäumt auf die Weinberge zulief.

Noch war es hell genug, daß Wegner jeden hätte sehen müssen, der die Wasserversorgungsanlage überwachte. Aber es war niemand da, Wegner war ganz allein.

Lüftungsrohre ragten aus dem Grashügel, und die ganze Anlage war von einem Maschenzaun eingefriedet. Die Tür im Zaun war nur durch eine dünne Kette und ein Vorhängeschloß gesichert, und auch das eiserne Tor im Hügel mußte leicht zu öffnen sein. Vielleicht wurde die Anlage aus der Distanz überwacht? Wegner blickte sich um, konnte aber keinen Platz entdecken, von dem aus dies hätte geschehen können.

Er setzte sich auf eine Bank, die zwischen den Robinien stand, die von vielen hier hartnäckig mit Akazien verwechselt wurden. Die kleine Stadt unter ihm rauschte wie eine leere Muschel, am Horizont war schon die fahlgelbe Lichtglocke über Wien zu sehen.

Ein Geräusch ließ Wegner zusammenzucken, aber gleich darauf hatte er es identifiziert: Im Hügel hinter ihm mußte sich eine Wasserpumpe eingeschaltet haben.

Warum wurde die Anlage nicht bewacht? Nahm man die Drohungen nicht ernst oder hatte die Exekutive einfach wirklich nicht genug Leute, alle diese Anlagen in Österreich zu überwachen, und verzichtete deshalb ganz darauf?

Was bedeutete es schließlich, daß sie im Innenministerium Wischnewski von bestimmten Informationen abgeschnitten hatten, an wichtigen Entscheidungen nicht mehr beteiligten? Wenn sie Wischnewski mißtrauten, wenn sie ihm gar auf der Spur waren, dann war auch er, Wegner, in Gefahr.

Grossmann, Hladek und er hatten so lange an ihrem Plan herumgetüftelt, bis sie sicher gewesen waren, nichts übersehen und jede mögliche Reaktion der Gegenseite bedacht zu haben. Aber jetzt kam es Wegner auf einmal vor, als sei ihre

Zuversicht, den Staat damit in eine ganz und gar aussichtslose Lage zu zwingen, einfach lächerlich, ja kindisch gewesen.

Die Konturen ringsum verschwammen nun in der beginnenden Nacht, deshalb bemerkte Wegner die beiden Gestalten, die sich ihm von den Weinbergen her näherten, erst, als sie schon auf hundert Meter herangekommen waren. Er wollte aufspringen, zum Auto laufen, in zehn oder fünfzehn Sekunden konnte er verschwunden sein, und niemand würde ihn erkannt haben, aber dann bezwang er den Fluchtreflex und blieb sitzen. Was sollte daran verdächtig sein, wenn er, ein angesehener Bürger, einer der angesehensten, nach des Tages Mühen an einem Maienabend hier saß und auf die friedliche, wohlanständige, kleine Stadt hinunterblickte?

Es waren, Wegner konnte es jetzt erkennen, ein eher kleiner Mann mittleren Alters und an seinem Arm eine alte Dame, die sich ihm näherten. Als sie an ihm vorbeigingen, grüßte der Mann, Wegner grüßte zurück und glaubte den Mann zu kennen, den Nietzsche-Schnurrbart hatte er schon einmal gesehen, öfter als einmal vermutlich, aber erst als die beiden schon unten auf der Straße verschwunden waren, fiel ihm ein, daß es wahrscheinlich dieser Lehrer aus dem Gymnasium war, Beranek, das Muttersöhnchen, von dem Martha ein paarmal erzählt hatte.

8

Am Samstag, dem achtzehnten Mai«, sagt Martha, »hat Beranek mir vor Unterrichtsbeginn erzählt, daß er am Abend zuvor Wegner allein auf einer Bank hat sitzen sehen.«

»Was ist Ihnen daran verdächtig vorgekommen?« fragt der Major.

»Kein Detail bedeutet für sich allein irgendwas«, sagt Martha. »Aber das Stichwort Wasserreservoir hat mich aufhorchen lassen.«

Sie stand mit Beranek auf dem Gang im ersten Stock vor dem Physiksaal. »Oben auf dem Hügel hinter der Kirche, unterm Wasserreservoir, ganz allein ist er dagesessen«, sagte Beranek, »ganz verlassen hat er ausgeschaut, als hättest du ihm endlich den Laufpaß gegeben.«

In der großen Pause, im Raucherzimmer, diskutierte Beranek dann an jenem Samstagvormittag mit ein paar Kollegen über einen Artikel im Standard, der sich mit der Staatspolizei beschäftigte. Von konkurrierenden Gruppen war die Rede; von immer öfter offen zu Tage tretender politischer Polarisierung; von Fällen, in der die eine Gruppe der anderen entscheidende Informationen nachweisbar vorenthalten habe; von Machtkämpfen zwischen dem Innenminister und einflußreichen Beamtencliquen; schließlich von Gerüchten eines rechtsradikalen Komplotts; von einem mysteriösen Anschlag in einem Salzburger Dorf und damit zusammenhängend von der angeblich totgeschwiegenen Drohung, irgendwo in Österreich das Trinkwasser zu vergiften; von Bekennerschreiben, die geheimgehalten würden; und von einer Informationssperre, die von der Staatspolizei verhängt worden sei.

Die Kaffeetasse in der Hand, stand Martha in der Tür, die vom Konferenzzimmer zum Raucherzimmer führte, sie hörte zu, und ihr fiel Wegners Reaktion auf die *Zeit-im-Bild*-Meldung vom Donnerstag letzter Woche ein und dann auch, was Beranek ihr am Morgen erzählt hatte.

Sie schob, was sich ihr für eine Sekunde als Zusammenhang aufdrängte, rasch beiseite: Nie hatte, worüber die Zeitungen schrieben, etwas mit ihrem Leben zu tun gehabt, so sollte, so mußte, so würde es auch bleiben.

Der Standard berief sich, wie Martha hörte, auf »gewöhnlich gut informierte Kreise« und auf hohe, namentlich freilich nicht genannte Beamte der Staatspolizei. Vermutungen über neue Taktiken der Rechtsextremisten wurden angestellt, Vermutungen auch über die Frage, ob der Innenminister noch irgendwem in seinem Hause trauen könne, ob diese Staatspolizei den Staat zu schützen noch imstande oder längst schon selbst zu einer Gefahr für den Staat geworden sei.

Nicht nur in der Zeitung wurden solche Vermutungen geäußert, auch im Raucherzimmer des Gymnasiums, und Beranek, dessen Kompetenz in allen Fragen der Tagespolitik unbestritten war, führte das große Wort.

Für ihn stand fest, daß die Polizei, vor allem auch die Staatspolizei, von Rechtsradikalen durchsetzt war. Für ihn war autoritäres Denken geradezu eine Voraussetzung dafür, »den Beruf des Polizisten, den Beruf des Häschers zu ergreifen«. Für ihn war das kein Zufall, daß die Haiderischen gerade bei den Personalvertretungswahlen der Polizei solch rauschende Erfolge feierten.

Er redete, als es schon geläutet hatte, noch draußen auf dem Gang weiter, bis alle anderen in ihren Klassen verschwunden waren.

In der nächsten Pause las Martha nach, was genau im Standard stand, erfuhr aber nichts weiter als dies: Der Innenminister habe, um eine Stellungnahme gebeten, über seinen Pressesprecher mitteilen lassen, daß, wie sofort eingeleitete Nachforschungen ergeben hätten, berechtigter Grund zur Annahme bestehe, bei besagtem Vorkommnis im Pinzgau handle es sich um einen lokalen Lausbubenstreich, ganz gewiß aber nicht um einen rechtsradikalen Anschlag. Es seien in der Tat Bekennerschreiben eingelangt, aber ganz offensichtlich von Trittbrettfahrern verfaßt, die sich ein von ihnen unabhängiges Ereignis zunutze machen wollten. Irgendeine Gefährdung des Trinkwassers sei jedenfalls auszuschließen.

Ich hab das«, sagt Martha Dressler, »gerne gelesen. Weil ich beruhigt alles beiseite schieben hab können, was sich mir in der Stunde davor an Zusammenhängen aufgedrängt hatte, und ich hab mich auch daran erinnert, daß Brandmair, einer von unsern Turnlehrern, immer wieder behauptet, Beranek höre die politischen Flöhe husten und vermute hinter jeder Hausecke einen Verschwörer mit Hitlerbärtchen.«

»Was genau hat sich Ihnen als Zusammenhang aufgedrängt?« fragt der Major und scheint nun, zum erstenmal seit einer halben Stunde, wieder interessiert zu sein an dem, was Martha Dressler auszusagen hat.

»Die Wahrheit hat sich mir aufgedrängt«, sagt Martha. »Wie das funktioniert, das ist schwer zu sagen. Man hört was, man sieht was, man liest was, was auf den ersten Blick gar nicht so viel miteinander zu tun hat. Das heißt, in diesem Fall hatte es ja was miteinander zu tun ... Jedenfalls: Auf einmal fügt sich das zusammen, ohne daß man groß darüber nachgedacht hätte.«

»Was Sie als Wahrheit verstehen: Was war genau Ihr Verdacht gegen Herrn Wegner?«

»Exakt das, was ich mir später hab ausreden lassen und was er dann am letzten Samstag doch zugegeben hat.«

»Was genau?«

»Daß Wegner in dieser Erpressung mit dem Brunnenvergiften drinsteckt, daß er das alles wahrscheinlich sogar geplant hat. Eine Sekunde lang war an diesem Vormittag dieser Gedanke ganz klar da, ich hab ihn gleich selbst beiseite geschoben, aber ...«

»Frau Dressler, von einer solchen Erpressung ist nichts bekannt. Weder offiziell noch inoffiziell. Ich müßte davon wissen, Frau Dressler. Wollen Sie mir jetzt nicht endlich sagen, warum Sie wirklich zu uns gekommen sind?«

9

Hladek hatte, es sollte eine Überraschung sein, nicht gesagt, was sie schießen würden, aber Wegner geraten, seine italienische Vogelflinte mitzunehmen. »Ich hab auch die Purdey im Kofferraum«, sagte Wegner, als er am Sonntag, dem neunzehnten Mai, gegen halb zehn am Vormittag in Hladeks Jagdhütte eintraf, einem alten Bauernhaus, dessen Äcker aber im Stausee versunken waren.

Grossmann war schon da, er sei früh weggefahren, habe mit starkem Ausflugsverkehr gerechnet, aber dann die Strecke in Rekordzeit geschafft, in weniger als einer Stunde diesmal.

Hladek war, weil es im Haus immer etwas zu reparieren gab, schon gestern nachmittag gekommen, jetzt holte er eine Schnapsflasche aus dem alten bemalten Bauernschrank. »Wir werden etwas schießen, was ihr noch nie geschossen habt. Und wenn ihr denkt, ich verrat es euch jetzt, dann täuscht ihr euch, erst trinken wir einen.«

Sie prosteten einander zu, Wegner nippte nur am Glas, er mochte keinen Schnaps am Vormittag, und ihm war jetzt auch nicht nach Schießen zumute. »Wir müssen reden«, sagte er, »es gibt eine Menge zu bereden.«

»Draußen auf dem Wasser«, entschied Hladek. Er zog ein Sprechfunkgerät aus der Jackentasche und drückte einen Knopf: »Werner, bitte kommen!«

Eine junge Stimme meldete sich: »Hier ist Werner, was gibt's?«

»Wir kommen jetzt.« Dann rief Hladek noch einen Thomas auf, auch er war bereit. »Das sind die Söhne vom Bauern drüben auf der anderen Seite.«

Sie holten die Flinten aus den Autos und gingen dann zum Ufer hinunter. Die Euphorie unterm Franz-Joseph-Denkmal war lange vorbei, ihr Plan hatte nur halb, also eigentlich überhaupt nicht funktioniert. Sie hatten dieses Treffen schon vor Wochen vereinbart und gedacht, einen Sieg feiern zu können, nun gab es nichts zu feiern, und Wegner würde vielleicht die Schuld auf sich nehmen müssen, denn wofür die beiden anderen verantwortlich waren, das hatte geklappt, nur der Plan selbst, für den Wegner zuständig war, mußte an irgendeinem Punkt, den sie noch nicht kannten, fehlerhaft gewesen sein.

Hladeks Boot lag an einem von niedrigen Weidenbüschen fast verdeckten Steg, statt des 90-PS-Außenbordmotors, den Wegner und Grossmann kannten, war diesmal ein kleiner Elektromotor montiert; es käme, sagte Hladek, heute darauf an, möglichst wenig Lärm zu machen.

Sie fuhren hinaus auf den See, Hladek steuerte auf eine kleine Bucht am andern Ufer zu. Wegner saß ganz vorne im Boot, über den Knien lag die doppelläufige italienische Flinte, die er von seinem Vater geerbt hatte. Das andere Ufer kam nur langsam näher, der See war glatt, es war windstill wie nur selten in dieser Gegend, die als Windloch galt, der Himmel war verhangen, aber es sah nicht danach aus, als ob es heute noch regnen würde.

Wegner fing zu reden an, ohne sich zu den anderen umzudrehen, er sagte, was er von Wischnewski gehört hatte, den er nicht beim Namen, sondern nur seinen »Kontaktmann« nannte, obwohl Grossmann und Hladek natürlich wußten, wer es war. Er sagte, daß er ein paarmal oben beim Wasserreservoir hinter der Kirche gewesen war, aber keinen Gendarmen hätte entdecken können. Es gäbe, bestätigte Hladek, keinen Überwachungsauftrag, er im Rathaus hätte sonst davon erfahren.

»Also?« fragte Grossmann, und nun drehte sich Wegner zu den anderen um.

Der Anschlag sei durchgeführt, die Briefe seien aufgegeben worden, sagte Wegner, damit sei immerhin die Leistungsfähigkeit der Organisation bewiesen.

»Die ist von anderen schon eindrucksvoller bewiesen worden«, sagte Grossmann nur, der Sarkasmus, den Wegner als Angriff empfand, war nicht zu überhören. Wegner hielt es für angebracht, nicht darauf zu antworten. Sie schwiegen eine Weile.

Dann schlug Hladek vor, noch einmal Briefe zu versenden und darin unmißverständlich klarzumachen, daß ihre Drohung ernst gemeint sei. Aber alle drei wußten sie, daß weitere Briefe, die man, womit sie nie im Leben gerechnet hatten, einfach totschweigen konnte, nichts bewirken würden.

»Ich hab das Gift, ich kann's jederzeit auf den Weg bringen«, sagte Grossmann, und als die beiden anderen darauf nicht antworteten: »Sie nehmen unsere Drohung vielleicht nicht ernst, weil wir sie selbst nicht ernst nehmen.«

»Wer sagt das?« fragte Hladek.

»Seid ihr bereit, ein paar tausend Leute zu vergiften?«

»Im schlimmsten Fall ja«, sagte Wegner, wenn er auch daran zweifelte, daß es glaubwürdig und entschlossen genug klang.

»Und glaubst du, daß das jetzt der schlimmste Fall ist oder zum schlimmsten Fall werden könnte?«

Darauf gab Wegner keine Antwort, aber Grossmann verwies darauf, daß er, wenn auch nur mit ein paar chemischen Ratschlägen, immerhin am Bau der ersten Briefbomben beteiligt gewesen sei, seine Entschlossenheit sei damit jedenfalls bewiesen. Er sagte es, als habe er jene höheren Weihen schon empfangen, die sich die anderen beiden erst verdienen müßten, als gehöre er dem Orden schon an, dessen Novizen Wegner und Hladek noch waren.

Sie waren in der Mitte des kleinen Stausees angekommen und schwiegen wieder. Von der Notwendigkeit, auch Todesopfer in Kauf zu nehmen, und von ihrer Entschlossenheit dazu hatten sie so oft gesprochen, daß, wer jetzt davor zurückschreckte und dies aussprach, den anderen als Feigling, sogar Verräter gelten würde. In Wahrheit hatte Wegner nie damit gerechnet, daß sie einmal vor dieser Entscheidung stehen würden, Hladek ging es vermutlich genauso, bei Grossmann freilich war Wegner nicht sicher.

Wenn einer der beiden anderen nun vorgeschlagen hätte, das Scheitern zuzugeben und den Plan fallenzulassen, Wegner hätte ohne Zögern zugestimmt. Aber niemand würde einen solchen Vorschlag machen.

»Falls sie's nicht ernst nehmen«, fing Hladek nach einer Weile wieder an, »dann nur, weil die Briefe erst nach dem Anschlag aufgegeben wurden.« Damit hatte er, kein Zweifel, recht. Zwar waren auch bei früheren Aktionen anderer Gruppen die Briefe erst im nachhinein, also als Bekennerschreiben aufgegeben worden, aber darin hatte man sich zu wirklichen Taten bekannt, die nicht zum Lausbubenstreich hatten heruntergespielt werden können.

»Was folgt daraus?« fragte Hladek.

Es gab, schoß es Wegner durch den Kopf, zwei Möglichkeiten: Sie mußten sich zum Einsatz des Giftes entschließen! Oder aber, dies blieb, stellte er erleichtert fest, noch als Alternative: »Noch einmal ein Anschlag auf eine Wasserversorgungsanlage. Noch einmal mit Lebensmittelfarbe. In irgendeiner Ecke Österreichs. Damit demonstrieren wir, daß wir zuschlagen können, wann und wo immer wir wollen.«

»Warum nicht gleich mit Gift?« fragte Grossmann.

Darauf ging Wegner aber nicht ein: »Dazu noch einmal Briefe mit dem Hinweis, daß das die letzte Warnung ist. Aber die Briefe müssen diesmal vorher aufgegeben werden und den neuen Anschlag ankündigen.«

»Was Trittbrettfahrer-Theorie widerlegen würde«, sagte Grossmann, nun offenbar bereit, auf die weichere Linie einzuschwenken. »Was aber das Risiko erhöht für den, der's macht.«

Da der Mann, der den Anschlag ausführen würde und den sie nicht kannten, jedoch nicht an einem bestimmten Ort tätig werden mußte, hielten sie das Risiko für vertretbar. Selbst wenn nach den neuen Briefen Überwachungsmaßnahmen angeordnet würden, sie konnten, wie immer die Exekutive sich auch anstrengen würde, nur lückenhaft sein, und der

Mann konnte sich nach Belieben eine nicht überwachte Anlage aussuchen und damit eben die Unvollkommenheit der Überwachungsmöglichkeiten beweisen, damit die Machtlosigkeit dieses Staates, wodurch er bloßgestellt, lächerlich gemacht und destabilisiert werde.

»Und mehr Briefe diesmal!« sagte Grossmann, plötzlich wieder, wie es schien, zufrieden und voll Zuversicht. Er warf den fast fertig gerauchten Stummel seiner Zigarette ins Wasser und zündete sich gleich darauf eine neue an. »Nicht bloß fünf, sondern, was weiß ich, zwanzig. Auch an Leute gerichtet, die ganz bestimmt nicht in diese Vereinbarung, falls es die überhaupt gibt, einbezogen sind. Außerdem: Irgendwo gibt's immer eine undichte Stelle.«

Ein Zeitplan wurde festgelegt: Um Unregelmäßigkeiten in der Postzustellung zu vermeiden, sollten die Briefe diesmal nicht vor einem Wochenende, sondern an einem Montag aufgegeben werden, am Montag, dem 27. Mai. Spätestens am Mittwoch würden die Briefe dann bei den Adressaten einlangen, in der Nacht zum Donnerstag, dem 30. Mai, sollte wieder irgendwo das Wasser gefärbt werden.

Hladek würde die Briefe schreiben, Wegner würde sie auf den Weg zu dem bringen, der sie einwerfen sollte, Grossmann würde sich wieder um die Farbe und den Attentäter kümmern.

»Das war's, Sportsfreunde,«, sagte Hladek, »jetzt zum Vergnügen.« Wegner sah Schweißtropfen auf seiner Stirn, aber das mußte nichts bedeuten, Hladek schwitzte immer, er war einfach zu fett. Er drückte jetzt einen Knopf am Sprechfunkgerät: »Werner! Thomas! An wem von euch sind wir näher dran?«

Werner meldete sich: »Sehen Sie den abgestorbenen großen Baum? Und der Baum daneben ist voller Tauben ...«

»Okay, wir kommen. In drei Minuten kann's losgehen«, sagte Hladek.

»Tauben?« fragte Grossmann.

»Tauben«, bestätigte Hladek. »Seit ein paar Jahren ist die ganze Gegend, keiner weiß warum, voll von Tauben, und ich hab sie für euch dressiert, damit sie euch direkt vor die Flinte fliegen. Wer fängt an?«

»Wegner«, sagte Grossmann, »Alter vor Schönheit.«

Hladek hielt auf das Baumskelett zu, das direkt am Ufer inmitten dicht belaubter Bäume stand. Wegner mochte es, wenn das Laub jetzt im Frühjahr noch tausend Grünschattierungen zeigte, ehe es dann im Sommer immer einheitlicher und das Grün immer dunkler wurde.

Sie luden ihre Gewehre, und Wegner fürchtete auf einmal, er würde zu unkonzentriert sein und nicht eine einzige Taube treffen, und er würde es als schlechtes Omen für den Ausgang ihrer Aktion ansehen; umgekehrt, wieder wie als Kind ein Zeichen vom Himmel erflehend, wollte er einen Treffer als Versprechen auf den Erfolg ihrer neuen Aktion deuten.

»Achtung!« krächzte Werners Stimme im Lautsprecher. Gleich darauf flatterte drüben ein Schwarm Türkentauben auf, er schien zuerst hinauf Richtung Kraftwerk fliegen zu wollen, zog dann aber einen flachen Bogen und flog flußaufwärts. Wegner riß die Flinte hoch, zielte weit vor den ersten Vogel, drückte ab, ließ die Flinte oben, schwenkte den Lauf, hielt vor eine Taube, die ein wenig abseits vom Schwarm flog, und schoß noch einmal.

»Alle Achtung!« hörte er Hladek sagen, ehe er selber noch nach dem Erfolg sehen konnte: Die Taube, auf die er zuerst geschossen hatte, fiel senkrecht nach unten und schlug in dem Augenblick auf dem Wasser auf, als Wegner die Flinte sinken ließ. Die zweite Taube sah er noch zwei-, dreimal mit den Flügeln schlagen, dann kam sie ins Trudeln, aber fünf oder sechs Meter über dem Wasser erstarben ihre Bewegungen.

»War das eine Doublette?« fragte Wegner.

»Ich sag's, weil ich von Natur aus neidisch bin, nicht gern«, meinte Grossmann, »aber es war eine Doublette.«

Hladek war stolz, als hätte er selbst geschossen. »Lebende

Tauben sind doch besser als Tontauben, oder?« Dann erzählte er, was er sich ausgedacht hatte: Die beiden Bauernbuben waren mit Fahrrädern und den Sprechfunkgeräten unterwegs, sie sollten Tauben aufstöbern und dann den Jägern melden, wohin sie kommen sollten. Er fragte jetzt nach Thomas, der meldete sich von einem Platz zwei- oder dreihundert Meter flußaufwärts: Die Tauben, die er entdeckt hatte, seien zwar durch die Schüsse erschreckt aufgeflattert, hätten sich jetzt aber wieder niedergelassen und warteten auf ihren Abschuß.

»Na, dann los!« sagte Hladek. »Grossmann, du bist dran.«

Sie kamen an den beiden toten, auf dem Wasser treibenden Tauben vorbei. »Kann man die essen?« fragte Wegner.

»Glaub nicht«, sagte Hladek hinten, »die haben doch alle Tuberkulose oder sowas.«

»Die Wildtauben auch?« fragte Wegner. »Ich dachte, nur die Tauben in der Stadt.« Dann spürte er Grossmanns Hand auf seiner Schulter und drehte sich zu ihm um: »Ja?«

»Du bist mir nicht böse, wenn ich das ganz direkt sag: Aber die Dressler redet zu viel.«

»Martha?«

Grossmann nickte und sagte dann, eine Zigarette im Mundwinkel: »Sie hat mit diesem Beranek, der im Gymnasium Geschichte unterrichtet, über dich geredet ...«

»Ja und?«

»Auch über deine, naja ... über deine politische Haltung, dein Weltbild ... Sie hat ihn offenbar gefragt, was sie davon halten soll.«

»Glaub ich nicht.«

»Ich weiß es. Und ich weiß auch, daß das nicht gut ist, wenn die Leute grad jetzt darüber reden. Und die Leute fangen an zu reden. Stell das ab, Wegner!«

»Wann soll das gewesen sein?«

Darauf antwortete Grossmann nicht, weil dieser Thomas meldete, daß er gleich seine Tauben aufschrecken würde. Dann war der Schwarm in der Luft. Grossmann hatte eine besondere Technik entwickelt, seine Flinte mit seinen verkrümmten Fingern zu bedienen, für gewöhnlich schoß er aber besser als die beiden anderen, diesmal ging der erste Schuß daneben, der zweite traf.

Um kurz nach eins, als das Boot zurück zu Hladeks Jagdhaus fuhr, schwammen zwei Dutzend Tauben auf dem See oder waren schon darin versunken, Türkentauben vor allem, auch ein paar Ringeltauben und zwei, drei Turteltauben.

Eine Doublette war keinem mehr gelungen.

10

Wegner selbst hat zugegeben, daß es diese Erpressung gibt«, sagt Martha Dressler, sie sagt es schon zum dritten oder vierten Mal.

»Frau Dressler«, sagt der Major, »das ist eine schwerwiegende Beschuldigung, die sie nur aussprechen sollten, wenn Sie dafür auch Beweise haben. Überlegen Sie bitte einmal! Glauben Sie denn wirklich, daß sich eine Aktion von der Art, wie Sie andeuten, einfach totschweigen hätte lassen? Und wer sollte sowas, was doch immerhin eine ernste Bedrohung für die Sicherheit des Staates wäre, überhaupt totschweigen wollen?«

Wegner kam im Jagdanzug, er sei früher als geplant aus dem Waldviertel zurückgekommen und habe einfach einmal sehen wollen, wie Martha denn ihre Sonntagnachmittage verbringe.

Es war kein guter Anfang, Martha fühlte sich herausgefordert, die Sonntagnachmittage seien, sagte sie, keine gute Zeit für die Geliebten verheirateter Männer; in spießigen Nestern wie diesem gehörten die Sonntagnachmittage der Familie, niemand habe Zeit für die einsame Geliebte eines verheirateten Mannes, der sich am Sonntagnachmittag ja auch seiner Familie widmen müsse, in der Regel wenigstens, wenn er nicht gerade einen Jagdausflug mit Freunden unternehme. Es sei nicht ganz so schlimm wie zu Weihnachten, aber schlimm genug, man spüre es so deutlich wie selten sonst, nirgends hinzugehören.

Wegner saß auf dem Sofa und stöhnte. Martha stand am Fenster, sah hinüber zum Golfplatz und fragte: »Was meinst du, ob ich vielleicht, nur um an den Sonntagnachmittagen nicht allein herumzusitzen, anfangen sollte Golf zu spielen?«

»Warum triffst du dich nicht mit Rena?«

»Weil Rena jeden zweiten Sonntag bei ihren Eltern in Wien verbringt, und heute ist so ein zweiter Sonntag.«

»Warum triffst du dich nicht mit diesem Beranek?«

»Davon abgesehen, daß er am Sonntagnachmittag wahrscheinlich mit seiner Mutter Ausflüge machen muß, wie kommst du auf Beranek?«

»Du redest mit ihm über mich.«

»Wer sagt das?«

»Spielt keine Rolle. Was hast du ihm über mich erzählt?«

Martha kam näher, setzte sich Wegner gegenüber in einen Fauteuil: »Wovor hast du Angst? Das mit uns beiden wissen doch alle, und keiner denkt sich was dabei. Warum sollte sich einer wie du nicht eine Geliebte leisten? Leisten ist allerdings nicht das richtige Wort. Ich bezahl meine Wohnung selber, will auch keine Nerzmäntel und ...«

Sie brach ab, weil sie sich nicht in eine Wut hineinreden wollte, die der Situation vielleicht gar nicht angemessen war, aber die Wut ließ sich nicht mehr unterdrücken: »Ich bin extrem pflegeleicht, findest du nicht? Dankbar, wenn du mich mit deinem Besuch beehrst, unendlich dankbar, wenn du einmal einen ganzen Tag Zeit für mich hast, und wenn nicht: Keine Vorwürfe. Kein Jammern. Kein Wehklagen. Dir geht's eigentlich richtig gut, weißt du das? Ich glaub, die anderen beneiden dich alle. Wer von deinen Freunden keine Geliebte hat, der fürchtet doch bloß die Scherereien, die die meisten Weiber machen. Hätten sie eine Garantie, so was Problemloses wie mich zu kriegen, sofort würden sie zugreifen.«

Wegner sagte nur: »Ich möchte wissen, was du diesem Beranek über mich erzählt hast.«

Martha stand auf, ging wieder ans Fenster, sie brauchte jetzt ein paar Meter Abstand von ihm.

Auf einmal kam ihr Wegner, wie er da in seinem albernen Jägeranzug auf dem Sofa saß, ganz fehl am Platz vor, es war ihr, als hätte sie ihn vorher noch nie dort sitzen gesehen, als passe er einfach nicht hierher. Dann fiel ihr ein, daß nichts in der Wohnung darauf hindeutete, daß es Wegner überhaupt gab. Keine Zahnbürste im Badezimmer, er blieb nie über

Nacht. Kein Pullover, kein Hemd im Schrank. Er kommt und geht, ohne Spuren zu hinterlassen, dachte Martha. Fühlte er sich hier »wie zu Hause«? Ganz gewiß nicht. Nie, so weit Martha sich erinnerte, hatte er sich aus der Küche ein Glas Wasser geholt, immer hatte er sie darum gebeten, nie war er einfach aufs Klo gegangen, immer hatte er gefragt, ob er die Toilette benützen dürfe oder, *post coitum*, die Dusche. Sie hatte es für eine altmodisch skurrile Form von Höflichkeit gehalten, aber jetzt sah sie es auf einmal ganz anders.

»Entschuldige«, sagte sie nach einer Weile, »ich bin heut nicht gut drauf. Reden wir von was Unverfänglichem. Erzähl mir, was du geschossen hast. Erzähl mir was von deinen Söhnen. Ich möcht nicht streiten mit dir, heute ist kein guter Tag dafür ...«

»Wieso streiten?« fragte Wegner. »Ich will nur wissen, was du diesem Beranek über mich erzählt hast.«

»Was stört dich dran, wenn ich mit Beranek oder irgendwem sonst über dich rede?« fragte Martha gereizt. »Du redest doch bestimmt auch über mich. Mit Hladek oder Lederer oder Wischnewski oder Grossmann ... Was erzählst du denen eigentlich? Gibst du ein bißchen an und sagst, daß ich ganz toll bin im Bett, damit die Herren lange Zähne kriegen? Erzählst du ihnen eigentlich Details? Oder sagst du ihnen die Wahrheit, daß ich nämlich stinklangweilig bin im Bett und du würdest am liebsten ...?«

»Hör auf, so zu reden! Das ist unser nicht würdig.«

»Was für ein Satz!« lachte Martha. »Mein Gott, was für ein Satz!«

Jetzt stand Wegner auf. »Ich frag nur, weil ... Dieser Beranek ist ein Scheißlinker und ...«

»Quatsch!«

»Ich hatte immer Vertrauen zu dir, mehr Vertrauen als zu irgendwem sonst, ich hab immer ehrlich mit dir geredet. Wenn du da was weitererzählt hättest, dann wär das für mich ein echter Vertrauensbruch ...« Wegner kam langsam näher, und Martha fühlte sich plötzlich bedroht, sie hätte schreien mögen.

»Was hast du?« fragte Wegner.

Irgendwas antworten! Egal, was! Irgendwas! dachte Martha, aber sie spürte auf einmal das Blut im Schädel pochen. Sie sah Wegner weiterreden, hörte ihn aber nicht, hörte nur das pochende Blut. Dann lagen seine Hände auf ihren Schultern, und ihre Angst war so rasch verflogen, wie sie gekommen war.

»Die Leute können nicht differenzieren, daran mußt du immer denken«, hörte sie Wegner jetzt sagen, »in Zeiten, in denen man hysterisch reagiert auf alles, was nicht der linken Denknorm entspricht ...«

Martha fiel ihm ins Wort: »Wer reagiert hysterisch? Außerdem: Rechts kommt doch grad wieder in Mode!«

»Wenn so einer wie dieser Beranek hört ... Für den ist das doch alles eins, der kann doch nicht unterscheiden zwischen einem wie mir und – was weiß ich – einem von diesen Leuten, die da Briefbomben verschicken und ...«

»Was hast du mit Briefbomben zu tun?«

»Eben nichts! Hör mir gefälligst zu, Herrgottnocheinmal! Eben weil ich nichts damit zu tun hab, will ich damit auch nicht in Zusammenhang gebracht werden!«

»Diese idiotischen Briefbomben interessieren doch keinen mehr! Ich weiß überhaupt nicht, wovon du redest.«

»Den Eindruck hab ich allerdings auch.« Wegner wandte sich ab, ging zum Sofa zurück, ließ sich fallen. »Tu mir den Gefallen und laß die Tratscherei sein, ja! Wer's wissen soll, wie ich politisch denke, dem sag ich's selber, und die anderen geht's nichts an!«

»So!« schrie Martha. »Und jetzt möcht ich auf der Stelle von dir wissen, wer dir das erzählt hat, daß ich mit Beranek ein paarmal über dich geredet hab!«

Darauf bekam sie keine Antwort, statt dessen sagte Wegner: »Jedenfalls wünsche ich, daß das Gerede aufhört.«

»Das wünschst du? Und dein Wunsch hat mir Befehl zu sein,

ja?« Ihre Wut war wieder da. »Woher nimmst du bitte eigentlich das Recht, so mit mir zu reden? Nein, mein Lieber, du wirst mir nichts vorschreiben! Ich werd reden mit wem und was und über wen ich will, schließlich bin ich eine Frau, nicht wahr, und Frauen reden gern und viel, wenn der Tag lang ist ...«

Auf einmal wußte Martha, daß dies das Ende war. Sie ging auf Wegner zu, schaute in seine Augen und glaubte zu erkennen, daß auch er es wußte.

»Ich bitte dich«, sagte er nach einer Weile, »ich verlange nichts von dir, du hast recht, es steht mir nicht zu, irgendwas von dir zu verlangen, aber ich bitte dich, und glaub mir, ich würde das nicht ohne Grund tun.«

Martha zuckte nur die Achseln, und ihr kam das alles plötzlich ganz unwirklich vor, verzerrt und ins Groteske verschoben wie ein Traum.

Eine Weile dachte sie, es habe damit zu tun, daß er im Jagdanzug gekommen war. Aber sie kannte ihn ja in dieser Adjustierung, am Anfang hatte er sie ein paarmal mit auf die Pirsch genommen und hätte es gerne auch weiterhin getan, hätte sie auch nur einen Funken Interesse für das Herumstolpern im Wald und für das stundenlange Hocken auf Hochständen aufbringen können. Als einen Jäger hatte sie ihn nie gesehen, nie sehen wollen, nicht im Wald, erst recht nicht in ihrer Wohnung. Daß er Jäger war, das paßte, überlegte sie jetzt, aus irgendeinem Grund, über den nachzudenken sie noch viel Zeit haben würde, einfach nicht zu dem Bild, das sie sich von ihm gemacht hatte, und die naheliegende Schlußfolgerung, daß er vielleicht überhaupt ganz anders war als sie es sich gewünscht und zurechtgedacht hatte, kam ihr, weil anderes wahrscheinlich gar nicht möglich war, banal vor, diese Konsequenz verlieh immerhin aber dem Gedanken, daß es mit Wegner nun wirklich zu Ende war, eine wohltuende und beruhigende Logik.

Martha hatte sich das Ende anders vorgestellt: Sie würden irgendwo in einem Lokal sitzen, bei einem Heurigen vielleicht, den sie manchmal am Samstagnachmittag besuchten, jedenfalls würden sie, hatte Martha sich immer vorgestellt, beim Wein sitzen, und sie würde ihm sagen, daß es vorbei sei, und ihn dabei anlächeln und ihm anbieten, einfach Freunde zu bleiben …

Nie oder nur ganz selten hatte sie sich vorgestellt, sich im Zorn von ihm zu trennen. Jetzt zitterte sie fast vor Zorn und wußte nicht, warum eigentlich.

Er hat mich einfach auf dem falschen Fuß erwischt, dachte sie, aber das erklärte längst nicht alles. Alexander hatte sie gestern angerufen und eingeladen, mit ihm heute zum Segeln an den Neusiedlersee zu fahren. Einfach nur so? Einfach nur so! Einfach nur segeln? Einfach nur segeln! Sie hatte abgelehnt, und auf einmal wünschte sie, sie hätte die Einladung angenommen.

»Bitte geh!« sagte sie zu Wegner. »Wenn wir jetzt weiterreden, machen wir alles kaputt, was doch einmal ganz okay war.«

Wegner stand auf, wollte sie umarmen, aber sie entzog sich ihm, hätte seine Berührung nicht ertragen können.

Was für ein idiotischer Anlaß, dachte sie, aber jetzt kommt alles raus, was da jahrelang … Der Tropfen, der das Faß zum Überlaufen gebracht hat, mehr nicht, aber das Faß ist übergelaufen, daran ist nichts mehr zu ändern.

»Martha, bitte hör mir zu!«

»Bitte geh endlich! Wir reden ein andermal weiter …«

»Martha, warum ich dich bitte … Das hat mit mir persönlich gar nichts zu tun … Hast du gestern zufällig den Standard gelesen?«

»Flüchtig. Was genau meinst du?«

»Ein paar Idioten faseln was von einer rechten Verschwörung, ich weiß das auch von Wischnewski … Es gibt, Wischnewski weiß das genau, nicht den geringsten Anlaß für so eine Vermutung, aber … Verstehst du, sie ist nützlich. In welcher Ecke so was erfunden wird, ist ganz klar. Die brauchen rechte

Gernot, falls es unter Mördern so was wie eine Hitparade der

Feindbilder, damit sie ungehindert weitermachen können wie bisher!«

Martha glaubte in Wegners Augen etwas zu sehen, was sie

11

Niemand schien zu wissen, wer die Organisationsform geschaffen hatte. Manche mutmaßten, sie sei kaum zwanzig, vielleicht erst zehn Jahre alt, es gab aber auch Hinweise, die auf eine Gründung schon in den vierziger Jahren deuteten, was Wegner für wahrscheinlich hielt. Er vermutete, die Organisation sei nur nach längerer Latenzzeit in den letzten eineinhalb Jahrzehnten zu neuen Aktivitäten erwacht.

Allen Mitgliedern gemeinsam schien zu sein, daß sie die Zeitschrift *Ostrakismos*, zu deutsch Scherbengericht, abonniert hatten, freilich gehörten nicht alle viereinhalbtausend *Ostrakismos*-Abonnenten zur Organisation, nicht einmal die Hälfte, wahrscheinlich nur ein Viertel, was immerhin noch auf eine Zahl von fast vierhundert Gruppen in Österreich hätte schließen lassen. Manchmal hielt Wegner diese Stärke für Wunschdenken, aber, skeptisch wie er war, glaubte er an die Möglichkeit einer gruppenübergreifenden Zusammenarbeit ja auch erst wirklich, seit seine Gruppe davon mit Erfolg Gebrauch gemacht hatte.

(Die Lücken im Gesicherten mit Wahrscheinlichem füllen: Was man nicht weiß, kann man in Erfahrung bringen. Was unvorstellbar scheint, ist nicht beispiellos.)

Wenn Hladek in seinen Schreiben die Formel »Bajuwarische Befreiungsarmee«, die damals im Zusammenhang mit den Briefbombenanschlägen zum ersten Mal aufgetaucht war, als Briefkopf verwendete, so nicht, weil sich die Gesamtorganisation so genannt hätte; sie schien keinen gemeinsamen Namen zu haben. Hladek wollte nur den Gleichgesinnten gegenüber die Kontinuität des Handelns und die Übereinstimmung im Denken betonen, andererseits für die Exekutive eine personelle Kongruenz fingieren, die es tatsächlich nicht gab, denn selbst Grossmann, der, worauf er so stolz war, mit Ratschlägen an der Konstruktion der Briefbomben seinen Anteil hatte, wußte nichts über die Gruppe, die diese Aktionen damals durchgeführt hatte, weder wer ihre Mitglieder waren, noch in welchem Teil Österreichs sie lebten. So konnte er zum Beispiel auch nicht sagen, ob jener Vermessungstechniker aus der Steiermark, der sich, ehe er sich von Gendarmen hatte fangen lassen, beide Hände weggesprengt hatte, dazugehörte oder nicht. Übrigens zweifelte er daran und hielt ihn, was immer die Polizei der Öffentlichkeit glauben machen wollte, für einen Trittbrettfahrer.

Jede Gruppe umfaßte drei Personen, keine Frauen allem Anschein nach, nur Männer, von denen jeder, offiziell jedenfalls, nur zu einem einzigen Mitglied einer anderen Gruppe Kontakt hielt. Damit schien sichergestellt, daß »im Fall des Falles« immer nur ein sehr kleiner Teil der Organisation auffliegen konnte, weil »selbst unter der Folter« keiner mehr als insgesamt drei andere verraten konnte.

Ob es so etwas wie eine Führungsebene gab, darüber wurde viel gerätselt. Wischnewski etwa glaubte fest an die Existenz eines, wie er es nannte, Superhirns, das die Fäden ziehe, die großen Leitlinien des Denkens und Handelns vorgebe, das im Verborgenen lebe, zur gegebenen Zeit aber ans Licht der Öffentlichkeit treten werde, um seinen Anspruch auf die Übernahme der Macht anzumelden.

Manchmal tat Wischnewski so, als wisse er mehr darüber, als er sagen dürfe, aber Wegner glaubte darin nur einen Ausdruck von Wischnewskis mystischer Sehnsucht nach einer Führergestalt zu erkennen; kein zwar, zugegeben, visionärer, aber doch, ehrlich gesagt, auch vulgärer Diktator wie Hitler werde es, behauptete Wischnewski, diesmal sein, eher ein »Anarch«, wie Ernst Jünger ihn beschreibe.

»Wunschdenken!« sagte Wegner dann, das Wirken einer die Organisation lenkenden Person sei weder zu erkennen noch vernünftigerweise anzunehmen.

Er selbst glaubte überhaupt eher an Ideen denn an Menschen, wofür er seinerseits nun von Wischnewski des mystischen Denkens geziehen wurde, er glaubte an die

Unsterblichkeit einer Idee, wenn sie nur groß genug war, er glaubte an die eigenständige, von Menschen nur bedingt abhängige Lebenskraft der großen Ideen, wodurch es für ihn unerheblich wurde, ob eine solche Idee sich nun in einer einzigen Führergestalt oder in einem Kollektiv auserwählter Männer manifestierte.

Diskussionen darüber, ob die Organisation nun geschaffen worden oder einfach entstanden sei, und wenn geschaffen, ob ihr Gründer heute noch auf ihre Entwicklung Einfluß nehme, verspottete Wegner manchmal als Mönchsgezänk, *rabies theologorum*, so gleichermaßen interessant und unbeantwortbar wie die Frage, ob ein personaler Gott die Welt erschaffen habe, und wenn ja, ob er sich danach noch um sie kümmere.

Die Organisation war da, sie arbeitete, wie stark immer sie im Augenblick auch sein mochte, sie wurde, dafür gab es Hinweise, stärker und würde immer noch stärker werden, darauf kam es für Wegner an, alles andere war müßige Spekulation für ihn.

Manchmal liefen Nachrichten von Gruppe zu Gruppe, die wie Anweisungen »von oben« klangen, aber es war weder nachweisbar noch wahrscheinlich, daß sie alle von einer Person oder einer bestimmten Gruppe kamen. Hin und wieder erschienen in *Ostrakismos* Aufsätze oder auch Kleinanzeigen, die, wer den Code verstand, als Mitteilungen an die Gesamtorganisation deuten mußte, dennoch konnte, weil jede Dreiergruppe völlig frei war in ihren Entscheidungen und ihren Planungen, allenfalls von Versuchen einer Koordination, keinesfalls aber von der Existenz einer Führungs- oder gar Kommandostruktur gesprochen werden.

Vor zwei Jahren war in *Ostrakismos* eine Artikelserie veröffentlicht worden über die Technik der konspirativen Arbeit anhand des linken Widerstands gegen das Dritte Reich, was von allen, die Wegner kannte, als logistisches Brevier und technisches Nachschlagewerk für die eigene Arbeit verstanden wurde, als Ratgeber in allen Organisations- und Geheimhaltungsfragen. Auch die Struktur der Dreiergruppen und ihrer Verbindung untereinander war darin beschrieben worden.

So isoliert die einzelnen Gruppen auf den ersten Blick waren, so einfach, auch darüber war damals geschrieben worden, war doch die Zusammenarbeit mehrerer, unter Umständen sogar vieler Gruppen.

Die violette Lebensmittelfarbe schien vor weniger als drei Wochen, von Grossmann ausgehend, in erstaunlich kurzer Zeit, innerhalb von zwei oder drei Tagen durch viele Hände gegangen zu sein, ehe sie in der Nacht vom achten zum neunten Mai in jenem Pinzgauer Dorf ihrer Bestimmung zugeführt worden war.

In früheren Zeiten waren, so hieß es, Briefe mit der Bitte um spezielle Informationen oder kleine Päckchen lange quer durch Österreich geirrt, inzwischen aber schien sich das System eingespielt zu haben. Jeder gab seinem Kontaktmann nicht nur bekannt, welche Art von Aufträgen er selbst zu erfüllen, mit welcher Art von Informationen er zu dienen bereit war, sondern auch, welche Dienste er vermitteln konnte, so wußte man jetzt instinktiv, in welche Richtung sich zu wenden Erfolg versprach.

Bei Hladek trafen des öfteren Anfragen ein, die frühmittelalterliche Geschichte Österreichs betreffend, die Geschichte der Landnahme und Machtergreifung durch die Bajuwaren und deren Kampf gegen Awaren, Ungarn und Slawen. Wegner wurde manchmal um pharmazeutischen Rat gefragt und besorgte zwei- oder dreimal, wem auch immer, bestimmte Präparate, an die sonst schwer heranzukommen war.

Um das Netzwerk gleichmäßig locker zu spannen, dabei aber zu große Löcher im Netz zu vermeiden, war der jeweilige Kontaktmann entweder der, durch den man selbst zum Aufbau einer neuen Gruppe angeregt worden war, oder der, den man selbst zur Bildung einer Gruppe veranlaßt hatte, wobei, um machtkonzentrierende Verdickungen im Netz zu vermeiden, jeder nur eine einzige neue Gruppe ins Leben rufen sollte.

Wegner war von Wischnewski geworben und zum Aufbau einer eigenen Gruppe motiviert worden, er hatte dann Hladek und Grossmann zum Mitmachen bewegt, die ihrerseits wieder je einen zur Bildung einer neuen Gruppe gewonnen hatten.

Um die Aktionsfähigkeit der Gesamtorganisation über weite Strecken, möglichst sogar flächendeckend für ganz Österreich und vielleicht darüber hinaus zu gewährleisten, sollten die neuen Gruppengründer möglichst nicht aus dem gleichen Ort, nicht aus der gleichen Stadt stammen.

Aus naheliegenden Gründen sollte dabei vermieden werden, Personen anzuwerben, die der Polizei oder dem Dokumentationsarchiv des österreichischen Widerstandes als Rechtsextreme oder Neonazis bekannt oder auch nur verdächtig waren, zumal dieser Personenkreis seine Unfähigkeit, eine politische Wende herbeizuführen, ja auch längst bewiesen hatte. Jeder Kontakt zu Skinheads oder anderen vulgärnationalistischen Jugendlichen verbot sich, da die Organisation sich als eine elitäre Vereinigung verantwortungsvoller Männer verstand, schon aus Gründen des Standesbewußtseins.

Es schien Diskussionen darüber zu geben, ob man solche Leute nicht doch für bestimmte, etwa mit körperlicher Gewalt verbundene Aufgaben heranziehen solle, und es schien da oder dort auch schon praktiziert worden zu sein. Wegner aber war strikt dagegen, weil er die Meinung vertrat und wohl auch, glaubte er wenigstens, wirklich der Meinung war, daß es keine »schmutzige« Arbeit gäbe, die man um der eigenen sauberen Hände willen an andere abtreten könnte.

Was getan werden mußte, mußte von den Verfechtern der großen Idee selbst getan werden, auch wenn es die nach judäochristlichen Vorstellungen verwerfliche Anwendung von Gewalt war. Nicht die blutige Tat durch eigene Hand beschmutze die Reinheit der Idee, dies war Wegners feste Überzeugung, wohl aber das Delegieren dieser als notwendig erkannten Gewaltanwendung an Leute, die man verachtete, verachten mußte, weil sie ebenso gewöhnlich wie ahnungslos waren.

All diese jungen Leute bedienten sich bloß einiger Phrasen und mancher Insignien des Dritten Reichs, weil sie instinktiv erkannt hatten, daß damit die Provokation der Eltern und deren sogenannter demokratischer Gesellschaft am ehesten gelang. Ihre kleinen, kurzen Biografien bewiesen das Scheitern dieser Gesellschaftsform, die Arbeit und Wohlstand, sogar Luxus für alle und jeden versprochen hatte, so brachen diese Betrogenen nun jene von den Alliierten verhängten Tabus; zu anderen Zeiten hätten sie andere Tabus gebrochen; sozial deklassiert, wie die Linken das wohl nennen würden, hatten sie nur den Tabubruch im Sinn, allenfalls hofften sie noch, ihre billige Wut auf diesen Staat, der ihnen nicht mehr bot, was zu bieten er versprochen hatte, in kleinen, banalen, politisch nur ummäntelten Schlägereien auszuleben.

Für die Sache, an die Wegner glaubte, waren sie so unbrauchbar wie jene Arbeiter, die nun, von Wahl zu Wahl zeigte es sich deutlicher, wieder nach rechts wanderten. Bis zum Bürgerkrieg 34 stramme Sozialdemokraten, danach, viele schon vor 38, braun, schließlich nach dem Zusammenbruch wieder rot, als sei dazwischen nichts gewesen; wenn sie nun wieder die Richtung wechselten, so aus keinem anderen Grund als vorher, den Blick stets nur nach dem Futtertrog ausgerichtet, angetrieben nur vom Neid, und wer den Neid besser zu schüren verstand, dem folgten sie.

Wegner verachtete sie, aber mehr noch verachtete er die, die ihr Mäntelchen ohne jene äußere Not, die er manchen, vor allem den beschäftigungslosen Arbeitern immerhin zubilligte, in den neuen Wind hängten.

Greinthaler, den Optiker etwa, seinen Nachbarn auf dem Stadtplatz, der alle Häuser kaufte, die zu kaufen waren, und alle Frauen schwängerte, in die er seinen Schwanz stecken durfte; die Lehrmädchen in seinen vier Läden, junge Lehrerinnen, die Kassierinnen der Supermärkte, sie alle erlagen seinem levantinischen Charme und ließen ihn sich der Kraft seiner Lenden freuen, und kein Geschäft war ihm dubios und krumm genug, wenn er damit nur ein neues Haus finanzieren oder einen neuen Bankert alimentieren konnte. Wenn nicht von alten Häusern, die er, zugegeben, sorgfältig restaurierte, oder von seiner stets wachsenden Kinderschar, so redete er von nichts anderem als von den hohen Lohnnebenkosten, an denen er noch zugrunde gehen würde, und er hoffte auf politische Veränderung, weil er dann seinen Angestellten vielleicht noch weniger bezahlen würde müssen als bisher und sie endlich, wie er sich das so sehr zu wünschen schien, wie Leibeigene würde behandeln können.

Leute wie Greinthaler setzten nun auf Haider, weil sie den Erfolg rochen, der sie unwiderstehlich anzog wie einen Hund die Urinmarke des anderen Hundes am Randstein, und Wegner fand die Greinthalers zum Kotzen, wie er auch diesen Herrn Haider zum Kotzen fand, der seine Gesinnung, falls es die überhaupt je gegeben hatte, verriet, wann immer er einen kleinen tagespolitischen Vorteil dabei herausschlagen konnte. Wegner hatte seinen Werdegang und Aufstieg genau beobachtet, nicht ohne Sympathie am Anfang, bis er dann zur Überzeugung gekommen war, daß hier ein charakterloses Schwein nach der Macht strebte, das sich von den anderen Politikern, den anderen charakterlosen Schweinen, nur darin unterschied, daß es auf der Klaviatur von Neid und Mißgunst noch virtuoser spielte und daß es die Charakterlosigkeit zum politischen Programm erhoben hatte.

Im Entwurf zu den ersten Briefen hatte Hladek, der diesen Herrn Haider bewunderte, ein Loblied auf ihn gesungen, nach einer langen Diskussion erst hatte Wegner eine Abschwächung der Formulierungen durchsetzen können.

In den neuen Briefen, die Wegner am Dienstag, dem 21. Mai, abholte, war von Haider nicht mehr die Rede. »Ich hab auch sonst ein paar Kleinigkeiten verändert«, sagte Hladek. »Willst du's lesen, dann druck ich's dir rasch aus.«

»Nur den Begleitbrief«, sagte Wegner.

Sie saßen im Amtsleiterbüro, es war halb sechs vorbei, vom

Portier und einer Putzfrau abgesehen waren sie allein im Rathaus.

Um diesen Raum, den schönsten im Haus, um ein paar Quadratmeter sogar größer als das Büro des Bürgermeisters, hatte Hladek lange gekämpft; er war früher für kleine Veranstaltungen benützt worden, vom Erker aus überblickte man den ganzen Stadtplatz, und die Stuckdecke aus dem Rokoko war in manchem Architekturlexikon abgebildet. Hier einmal zu residieren, hatte Hladek sich vor zwanzig Jahren schon, er war mit fünfunddreißig Amtsleiter geworden, in den Kopf gesetzt, es war mit der Zeit zu einer Prestigefrage geworden, ein langer zäher Kampf zwischen ihm und dem Bürgermeister, der ihn ins Rathaus geholt hatte, aber erst der neue Bürgermeister, der nun seit sechs Jahren im Amt war und dem Hladek nichts zu verdanken hatte, hatte ihm diesen Wunsch erfüllen müssen und mußte ihm, immer noch, auch manch anderen Wunsch erfüllen, da Hladek es nach allgemeiner Ansicht gewesen war, der ihn in ihrer Partei, der Volkspartei, gegen einen nicht zu unterschätzenden Konkurrenten als Kandidaten für das Bürgermeisteramt durchgesetzt hatte.

Hladek schaltete jetzt den Computerdrucker ein, der neben seinem Schreibtisch stand, und während sie auf die »Bereit«-Anzeige warteten, deutete Wegner auf die Schachtel, die für ihn bereitstand: »Wie viele sind's?«

»Genau zwanzig, wie vereinbart. Profil, Krone, Kurier, Fernsehen, Innenminister wie gehabt, dazu diesmal noch zehn weitere Zeitungen, darunter selbstverständlich Der Standard, ferner die Klubchefs aller fünf im Parlament vertretenen Parteien.«

»Hervorragend«, lobte Wegner, »wenn die Grünen davon erfahren, dann bleibt das nicht geheim, die gehen an die Öffentlichkeit, das lassen die sich nicht entgehen, wenn die sich wieder einmal wichtig machen können.«

Der Drucker war jetzt bereit, Hladek klickte ein paarmal mit der Computermouse.

»Die Dateien sind übrigens unter meinen Vorschlägen für eine Bürokratiereform abgespeichert und versteckt«, sagte Hladek, dann hielt Wegner einen Ausdruck des Begleitschreibens in der Hand.

Die alten Forderungen nach Veröffentlichung des langen Textes und nach Freilassung der namentlich genannten politischen Gefangenen wurden wiederholt, dann hieß es, daß es diesmal dem Innenminister nicht möglich sein werde, sich hinter allzu durchsichtigen Lügen zu verstecken, denn eine große Anzahl von Menschen, »sind es zehn, sind es fünfzig, sind es gar hundert?«, werde diesmal im vorhinein informiert, und der unmittelbar darauf folgende Anschlag werde all diesen beweisen, daß die Bajuwarische Befreiungsarmee zuschlagen könne, wann und wo immer es ihr beliebe, und daß dieser Staat, der in seinen letzten Zügen liege, nicht imstande sei, seine Bürger zu schützen.

Ferner hieß es noch, daß dies die allerletzte Warnung sei. Erfülle man die Forderungen nicht, so werde, »früher als man glaubt«, irgendwo in Österreich Gift aus den Wasserhähnen laufen, mit Todesopfern sei in diesem Falle zu rechnen.

»Hervorragend«, sagte Wegner noch einmal und gab Hladek das Blatt zurück, der es in den Aktenvernichter unter seinem Schreibtisch steckte, wo es in gleichmäßig sechs Millimeter breite Streifen zerschnitten wurde.

»Meinst du, daß es ein Problem sein könnte, zwanzig Briefe aufzugeben, ohne daß sich nachher wer dran erinnert?« fragte Hladek.

»Glaub ich nicht«, sagte Wegner, »glaub ich auf keinen Fall.« Er würde die neutrale Schachtel mit den neuen Briefen wie die fünf alten zu Wischnewski bringen, der wiederum würde sie mit der Information, daß Poststücke darin enthalten seien, die an einem bestimmten Tag, nämlich dem 27. Mai, unauffällig aufgegeben werden müßten, innerhalb seiner eigenen Dreiergruppe weitergeben, über den Kontaktmann dieses Empfängers würde die Schachtel eine dritte Gruppe, vielleicht noch eine vierte oder fünfte erreichen, mindestens drei Stationen seien, hatte Wegner gehört, die Regel, bis dann einer die Schachtel öffnete und am gewünschten Tag die Briefe aufgab, über deren Inhalt er so wenig wußte wie über deren Verfasser.

»Falls dieser uns unbekannte Freund und Mitstreiter so blöd sein sollte, sich erwischen oder ausforschen zu lassen, so kann der Weg der Briefe auf keinen Fall bis zu uns zurück verfolgt werden«, sagte Wegner, »aber ich geh davon aus, daß er so blöd nicht ist.«

»Klar«, meinte Hladek, »du hast recht.«

Er sah, fand Wegner, nicht gut aus. Er schien von einem Tag auf den anderen noch fetter geworden zu sein, sein Gesicht war aufgedunsen, die Brillenbügel schnitten noch tiefer als sonst in die fleischigen Schläfen. »Geht's dir nicht gut?«

»Der Scheißblutdruck! Zwanzig Jahre lang war er perfekt eingestellt, hundertvierzig zu achtzig, sommers wie winters, aber seit ein paar Wochen ...«

»Hat's was mit unserer Sache ... mit unserer Aktion zu tun?«

»Nein, bestimmt nicht, außer Kontrolle ist der Druck schon geraten, da war noch gar nicht die Rede davon, daß wir's wirklich tun würden.«

»Versuch's einmal mit ACE-Hemmern, laß dir Captopril verschreiben, Lopirin oder sowas. Du nimmst jetzt Betablocker, oder?«

»Seit zwanzig Jahren.«

»Und die Nebenwirkungen?«

»Was meinst du?«

Man berichte, sagte Wegner, von Libidoverlust, auch von Erektionsproblemen.

Da lachte Hladek auf: »Libido, mein Gott, meine libidinösen Gefühle richten sich auf Grammelknödel und fette Stelzen, und Erektionen, ja, ich glaub, ich erinnere mich dunkel an so was, da steht unten am Bauch irgendwas vom Körper ab, und falls du noch angezogen bist, entsteht eine zeltförmige Ausbuchtung in der Hose …«

»Die neuen ACE-Hemmer«, sagte Wegner, »haben natürlich auch Nebenwirkungen, aber nicht von dieser peinlich delikaten Art.«

»Naja«, meinte Hladek, »für einen wie dich, der noch so was wie ein Sexualleben hat, müßten solche Nebenwirkungen wirklich schlimm sein … Apropos: Die Dressler redet über dich.«

»Das hat am Sonntag Grossmann schon gesagt.«

»Und du warst anschließend dann bei ihr und hast sie zur Rede gestellt, wie ich höre.« Das »Woher?« ignorierte Hladek. »Und du hast ihr dummerweise auch erzählt, daß du irgendwas weißt über diese Anschläge. Die Dressler war am Sonntagabend mit ihrer Freundin beim Pühringer und hat ihr, mitten in der Gaststube und nicht gerade im Flüsterton, alles brühwarm weitererzählt, was du ihr gesagt hast.«

»Ich hab ihr nur gesagt …«, fing Wegner an, aber Hladek ließ ihn nicht weiterreden: »Gernot, du bist kein Idiot, du wirst schon wissen, was du ihr sagen kannst und was nicht, aber weitererzählt und noch einmal weitererzählt klingt das dann vielleicht ganz anders. Überhaupt, Gernot, das Gerede muß aufhören! Grad dir brauch ich nicht zu sagen, was das …«

»Ich bring das in Ordnung!« sagte Wegner und hoffte, daß es entschlossen genug klang. »Keine Sorge, ich bring das in Ordnung, ich stell das ab, ein für allemal.«

»Noch ist wahrscheinlich nicht viel passiert. Das beim Pühringer hab ich selbst gehört, ich war mit meiner Frau zum Abendessen dort, ich glaub nicht, daß sonst irgendwer drauf geachtet hat, aber, Gernot, wenn die Dressler weiter plappert, dann, Gernot, müßten wir irgendwas unternehmen und könnten keine Rücksicht mehr drauf nehmen, daß sie deine Freundin ist.«

»Klar«, sagte Wegner, »alles klar.«

Vom Rathaus fuhr er kurz vor sechs hinaus zu Wischnewskis Preßhaus. Er übergab ihm die Schachtel mit den Briefen und sagte ihm, was dazu zu sagen war.

Wischnewski trug eine Winzerschürze vor dem Bauch und fing gerade an, selbstentworfene und aufwendig gedruckte Etiketten auf ein paar Weinflaschen zu kleben.

Die Ermittlungen der Polizei konzentrierten sich, erzählte er, jetzt auf die chemischen Analysen des violettgefärbten Wassers, von dem übrigens, »peinliche Unterlassung so was«, keineswegs die lokale Pinzgauer Gendarmerie eine Probe genommen habe, wohl aber ein grün engagierter Volksschullehrer. Man habe in Wien gehofft, durch eine genaue Untersuchung der Zusammensetzung der Lebensmittelfarbe den Hersteller herauszufinden und über den Hersteller dann den Käufer, aber anscheinend, jedenfalls seinen Informationen nach, habe sich auch dies als eine wenig erfolgversprechende Spur erwiesen.

»Selbstgekocht ist selbstgekocht, alte Hausfrauenweisheit«, sagte Wegner. »Trau keinem! Hilf dir selbst, sonst hilft dir Gott.«

Den Wein, den Wischnewski ihm anbot, lehnte er ab, er wollte nach Hause. Er stand schon draußen auf der Straße, da kam Wischnewski ihm nach: »Du solltest heute auf keinen Fall *Zeit im Bild* versäumen.« Mehr wollte er nicht verraten.

»Sag wenigstens, ob's eine gute oder eine schlechte Nachricht sein wird«, verlangte Wegner.

»Eine gute. Eine von den vielen guten der letzten Zeit.«

Eineinhalb Stunden später wußte es Wegner: Wieder war in Wien ein Schwarzafrikaner ermordet worden. Am hellichten Tag war von einem vorbeifahrenden Auto aus ein Nigerianer, der soeben ein vor allem von Schwarzen besuchtes Lokal im siebten Gemeindebezirk verlassen hatte, erschossen worden, von mehr als zwanzig Kugeln aus einer Maschinenpistole regelrecht durchsiebt.

Der Wiener Polizeipräsident, der interviewt wurde, sprach von einer der Polizei schon seit längerem bekannten Fehde zwischen Schwarzafrikanern verschiedener ethnischer Herkunft, man könne, sagte er, beinahe schon von einem in Wien ausgetragenen afrikanischen Stammeskrieg sprechen. Dies sei der bisher frechste Anschlag gewesen, die Polizei sei aber eben deshalb zuversichtlich, mit Hilfe der neuen Hinweise von heute den Tätern, die man wohl auch für frühere Morde verantwortlich machen müsse, nun rasch auf die Spur zu kommen.

Der Vorsitzende der Wiener FPÖ, der gleichfalls in *Zeit im Bild* zu Wort kam, beklagte, daß man seine früheren Warnungen nicht ernst genug genommen und als ausländerfeindlich abgetan habe, er verglich das Wien von heute mit dem Chicago im Jahre 1930, den Befürwortern einer ungeregelten Zuwanderung werde nun die Rechnung präsentiert, sie allein seien verantwortlich dafür, daß die ehrlichen, fleißigen und anständigen Wiener sich bald nicht mehr auf die Straße trauen würden; schließlich kündigte er noch eine dringliche Anfrage im Wiener Gemeinderat an.

Wegner erschrak, als er bemerkte, daß Vera, seine Frau, im Zimmer war, er hatte sie nicht hereinkommen gehört. Vera ihrerseits schien erstaunt, ihn hier zu sehen. Die Dienstagabende waren seit Jahren Martha-Abende.

Wegner hatte nie gesagt, wohin er am Dienstag zu gehen pflegte, nie hatte er ein Verhältnis zu einer anderen Frau zugegeben, weder das zu Martha noch das zu einer ihrer Vorgängerinnen. Veras Hinweise darauf, daß die ganze Stadt es wisse, beantwortete er stets mit einem »Laß die Leute reden«.

Vera setzte sich zu ihm, eine Weile saßen sie dann schweigend nebeneinander auf der ledernen Chesterfield-Couch, die sie vor fünfzehn Jahren, von Wischnewskis Anglophilie vorübergehend angesteckt, aus England hatten kommen lassen.

Sie schien heute weniger getrunken zu haben als sonst, Wegner stellte es mit Sorge fest, denn in diesem Zustand war sie streitsüchtig, und er lief Gefahr, in eine ermüdende Diskussion verwickelt zu werden, die mit Veras Feststellung, daß es mit ihrer Ehe so nicht weitergehen konnte, beginnen würde. Doch Vera sagte nichts, sie starrte auf den Fernseher, aber Wegner war nicht sicher, ob sie das Programm, eine Ärzteserie, auch wirklich verfolgte.

Nach einer halben Stunde stand sie auf und zog sich, wie Wegner es für sich nannte, in ihre Gemächer zurück, Vera bevorzugte die Formulierung »in mein Studio«. Sie wird sich jetzt, dachte Wegner, die paar Gläschen genehmigen, die sie zum Einschlafen braucht.

Sobald er allein war, schaltete er den Fernseher aus und trat ans Fenster. Es war noch nicht neun, aber der Stadtplatz lag schon ganz verlassen da. Wegner hatte sein Auto nicht im Hof, sondern vor dem Haus abgestellt, und jetzt sah er, daß Greinthalers Katze auf der vermutlich noch warmen Motorhaube lag.

Hladek hatte, was Martha anging, ganz unverhohlen gedroht. Womit eigentlich? Wegner wollte gerade darüber nicht weiter nachdenken, denn was immer Hladek gemeint haben könnte, es durfte nicht so weit kommen. Wie er es verhindern konnte, wußte er freilich nicht.

Gab es irgendwas, womit er Martha zwingen konnte, endlich den Mund zu halten? Konnte er sie mit irgendetwas einschüchtern? Konnte er irgendeine Geschichte erfinden, die auf wundersame Art Martha zum Schweigen bringen würde? Es müßte, dachte Wegner, eine Geschichte sein, die Martha ans Gemüt geht, eine wahrhaft herzzerreißende Geschichte müßte es sein.

Fast hatte er sich gestern am Abend schon damit abgefunden, daß es mit Martha zu Ende war. Er war, wenn etwas nicht geändert werden konnte, groß darin, sich einzureden, daß er es eigentlich ganz genau so gewollt habe.

Seit zwei, drei Jahren hatte er ja schon bei seinen Besuchen in der Golfplatzstraße das Gefühl gehabt, eine Pflicht zu erfüllen, eine durchaus angenehme Pflicht, aber ja, er wollte

Martha nicht unrecht tun, sie zog ihn immer noch an, weshalb es mit ihr ja auch nun schon länger dauerte als mit den Frauen vor ihr; er war gern bei ihr, er fühlte sich wohl, fühlte sich manchmal mehr verstanden als irgendwo sonst, aber Abnützungserscheinungen waren nicht zu übersehen, vieles war Gewohnheit geworden, das Prickelnde des Anfangs längst verschwunden.

Und dann: Sie war jetzt achtunddreißig, sie mußte nun endlich sehen, einen Mann ihres Alters kennenzulernen, sie mußte ihre idiotischen Sommerreisen aufgeben, mußte zur Ruhe kommen. Sie war, was immer sie selbst auch von sich glaubte, nicht dafür gemacht, allein zu leben, das stand fest für Wegner. Sie mußte nun endlich sehen, eine Familie zu gründen.

Also ein Ende zur rechten Zeit. Daß sie es gesetzt und den Zeitpunkt bestimmt hatte, störte Wegner keineswegs, seine Eitelkeit litt durchaus nicht darunter, immer waren es die Frauen, die seine Liaisons beendeten, notfalls half er nach, wurde auf einmal unleidlich, bis es der jeweiligen Frau zu viel wurde. Es war für ihn bequemer so, er konnte den Beleidigten, den Mißverstandenen spielen und sich aller Pflichten ledig fühlen, die auf ihn gekommen wären, hätte er selbst Schluß gemacht.

Mit Martha freilich war das nun anders, er durfte das Angebot nicht annehmen, er mußte … Irgendetwas mußte er, und er wußte, was selten vorkam bei ihm, nicht was.

Gegen halb elf, schon im Bett, kurz vor dem Einschlafen fiel Wegner dann eine Geschichte für Martha ein.

12

Zwischen Martha Dressler und dem Major brennt jetzt eine Schreibtischlampe, und Martha sagt: »Mir ist das, was es Ihrer Ansicht nach gar nicht gibt, wovon Wegner aber gesprochen hat, nicht aus dem Kopf gegangen. Es hat mich einfach nicht losgelassen. Was für einen Sinn konnte die Drohung mit dem Brunnenvergiften überhaupt haben? Wenn jemand so was wirklich macht, dann wird man ihn für einen Verbrecher, für einen Wahnsinnigen halten. Das können die, die sich so was ausdenken, doch nicht wollen. Glauben Sie, daß man mit so einer Drohung irgendwelche politischen Ziele durchsetzen kann? Ich kann's mir nicht vorstellen, der Staat kann sich doch nicht einfach erpressen lassen, oder?«

Der Major antwortet nicht, wartet nur und sieht aus, als habe er sich darauf eingerichtet, notfalls die ganze Nacht hier zuzubringen. »Reden Sie nur weiter!« sagt er dann.

»Die linken Terroristen seinerzeit«, fährt Martha fort, »in den siebziger oder achtziger Jahren, die wollten, daß sich der Staat als das entlarvt, was er ihrer Meinung nach ohnehin war, nämlich ein autoritärer, ein Polizeistaat. Er sollte – ich sag jetzt nach, was Beranek immer sagt – dazu gezwungen werden, die liberale Maske fallenzulassen. Und dann würden, dachten die damals, die Massen aufstehen und ... Herr Major, mir kommt auch das kindisch vor, aber irgendeine Art von Logik kann, wer will, vielleicht noch darin entdecken. Aber was versprechen sich die Rechten? Die Briefbomben, die Rohrbomben, jetzt diese Drohung mit einem Anschlag auf die Wasserversorgung, na gut, das sind Signale: Uns gibt's, wir sind da, und wenn wir wollen, erklären wir euch den Krieg! Aber, ich weiß nicht, wahrscheinlich bin ich einfach naiv, was sonst kann damit erreicht werden? Es könnte wirklich zu einer Art Krieg werden, aber wozu führt das, was haben die davon? Die Polizei muß was dagegen unternehmen, und wenn dieser Terror immer stärker und, sagen wir, zu einer Art Krieg wird, dann leben wir wahrscheinlich wirklich bald in einem Polizeistaat, und, na gut, so was wünschen sich die ja. Nur können sie sich nicht wünschen, stell ich mir wenigstens vor, daß sich die Polizeigewalt gegen sie selbst richtet. Sie möchten doch, anders kann ich's mir nicht vorstellen, mit Hilfe der Polizei die anderen, wie soll ich sagen?, unter Druck setzen, kontrollieren, mundtot machen, unterdrücken ...«

Der Major sieht aus, als wolle er etwas sagen, er hat sich schon über den Schreibtisch gebeugt in den Lichtkegel der Schreibtischlampe hinein, aber jetzt lehnt er sich wieder zurück, sein Gesicht verschwindet wieder im Schatten, und er schweigt.

»Wenn ich mir das so vorstelle«, sagt Martha Dressler nach einer Weile, »jeder Wahnsinnige kann den Staat mit der Drohung irgendeines mörderischen Anschlags erpressen. Und der Staat kann, will er nicht zum Polizeistaat werden, nichts dagegen tun.«

»Vielleicht unterschätzen Sie den Staat«, sagt der Major jetzt, und es scheint, als wolle er Martha damit nur zum Weiterreden animieren.

»Die Rechten wollen an die Macht, davon geh ich jedenfalls aus. Sie rechnen vielleicht damit, daß sie sich, wenn alles drunter und drüber geht, als die einzigen präsentieren könnten, die imstande sind, wieder Ordnung im Staat zu machen. Aber das kann doch nicht funktionieren, wenn jeder weiß, daß sie selbst den Staat ins Chaos gestürzt haben. Oder meinen Sie, daß das doch funktionieren könnte?«

Als Martha Dressler am Mittwoch, dem 22. Mai, zu Mittag von der Schule kommend in der Golfplatzstraße ankam, wartete Wegner auf sie. Er saß im Wagen, der ganz gegen alle Gewohnheit vor der Haustür geparkt war, und stieg aus, als er Martha kommen sah.

»Ich hab dir«, fing er an, »am Sonntagnachmittag nicht die ganze Wahrheit gesagt.«

Oben in der Wohnung dann, Wegner setzte sich nicht hin, eröffnete er Martha, was die ganze Wahrheit sei und daß es eine schreckliche, eine furchtbare Wahrheit sei.

Sein jüngerer Sohn Richard sei, wie er erfahren habe müssen, in diese Geschichte mit dem angedrohten Giftanschlag verwickelt. In welchem Ausmaß könne er noch nicht sagen, aber an seiner Verstrickung in diese Wahnsinnsaktion sei leider nicht zu zweifeln.

Richard sei, führte Wegner aus, wie Martha wohl wisse, seit Jahren schon sein Sorgenkind, in der Mittelschule habe er, nicht dumm, aber faul, zwei Jahre wiederholen müssen, dann all der Ärger, weil er sich nicht für ein bestimmtes Studium hätte entschließen können. Dies und das habe er angefangen, Publizistik und Architektur, Medizin und sogar Bodenkultur habe er sich überlegt, dann sei er aber, Martha wisse das alles ja, doch bei der Pharmazie gelandet, und er, Wegner, sei's zufrieden gewesen, wenngleich in Zeiten, da der Staat sich überall einmische, der Beruf des Apothekers durchaus kein erstrebenswerter und überhaupt kein Geschäft mehr sei. Säße man nicht im eigenen Haus und müßte etwa Miete bezahlen, würde sich die Apotheke überhaupt nicht mehr lohnen …

Drei Semester lang habe es dann jedenfalls so ausgesehen, als sei Richard endlich zur Vernunft gekommen, aber dann sei, seinen Reden bei den immer seltener werdenden Besuchen sei es deutlich anzumerken gewesen, eine nicht gleich definierbare Veränderung mit ihm geschehen.

Er, Wegner, habe immer gedacht und befürchtet, Richard sei in extrem linke Kreise geraten, tatsächlich aber verkehre er, Wegner schien es noch nicht wirklich fassen zu können, in rechtsextremistischen Zirkeln. »Was vielleicht«, sagte Wegner jetzt, »ohnehin das gleiche ist, denn das ist so eine Art Kreis, wenn man nur weit genug nach links geht, kommt man irgendwo ganz rechts an.« Ihm sei, legte Wegner dar, das eine so zuwider wie das andere. Das alte Links-rechts-Schema, das er selbst, er gebe es zu, oft genug gedankenlos verwendet habe, sei wahrscheinlich überhaupt ganz unbrauchbar. …

Jedenfalls irgendetwas sei mit Richard passiert, was er als Vater allem Anschein nach übersehen habe, woran er aber, darüber denke er jetzt viel nach, vielleicht insofern Mitschuld trage, als er seinen Söhnen gegenüber natürlich bei der einen oder anderen Gelegenheit darüber geredet habe, wie er die Welt sehe, und das sei nach herkömmlicher Meinung eben eine rechte Weltanschauung.

»Weißt du«, sagte Wegner, »dieser Gedanke quält mich jetzt Tag und Nacht, daß Richard alles, was ich gesagt habe, so falsch verstanden haben könnte, daß er glaubt …«

Wegner schwieg, mitten in Marthas Wohnzimmer stehend, für eine Weile.

»Ich mach uns einen Kaffee«, sagte Martha, aber Wegner schüttelte stumm den Kopf.

Martha kannte Wegners Söhne nur vom Sehen, weil sie das Gymnasium in einem Jesuiteninternat in Vorarlberg absolviert hatten. Gernot, der ältere der beiden, war schon Oberarzt in einem Wiener Krankenhaus, über ihn hatte Wegner nur selten geredet, umso mehr über Richard, allerdings, fiel Martha jetzt ein, kaum einmal im letzten Jahr.

»Was sind das für Leute, mit denen er da verkehrt, die … die sich so was ausdenken?«

Er wisse noch nicht viel, sagte Wegner, nur eben dies, daß Richard in diese Geschichte involviert sei. »Und ich weiß, daß ich ihn irgendwie heraushauen muß. Ich weiß auch, daß ich den Wahnsinnsplan dieser Idioten irgendwie vereiteln muß, bevor wirklich etwas Schreckliches geschieht. Ich hab keine Ahnung, wie ich das anstellen soll, ohne Richard in Gefahr zu bringen, aber ich weiß, daß ich es tun muß. Gefahr droht Richard ja sogar von zwei Seiten, von seinen … nun ja, Genossen, die nicht zögern würden … verstehst du, Martha, das sind Fanatiker, sonst würden sie nicht auf solche Ideen kommen …

Und dann natürlich auch die Gefahr von seiten der Polizei. Auf irgendeine Art, und sei es nur als Mitwisser, hat Richard sich zweifellos im Sinne des Strafgesetzes schuldig gemacht.«

Er müsse, als Vater habe er diese Pflicht, verhindern, daß Richards Leben zerstört würde, er müsse versuchen, seinen Sohn zu retten.

Er redete dann über die Hoffnungen, die ein Vater in seine Söhne setze und wie sie enttäuscht würden, auf die eine oder andere Art würden sie immer enttäuscht, notwendigerweise wohl. »Aber das ...!« stöhnte er dann und sprach erst nach einer langen Pause weiter: »Verstehst du jetzt, warum ich dich bitten mußte ... warum ich jetzt kein Gerede über mich brauchen kann.«

Martha verstand. »Warum setzt du dich nicht hin?« fragte sie dann.

Er müsse zurück in die Apotheke, sagte Wegner, ein Pharmavertreter habe seinen Besuch für halb zwei angekündigt.

»Bis morgen abend?« fragte Martha.

Wegner sah sie fragend an.

»Morgen ist Donnerstag«, sagte Martha.

»Ja. Also dann bis morgen abend. Kurz nach halb sieben, wie immer.«

Ich hab ihm alles geglaubt, Wort für Wort«, sagt Martha Dressler. »Und das beschäftigt mich jetzt fast mehr als alles andere: Ich hab ihn der Lüge einfach nicht fähig gehalten. Dieser Lüge nicht! Überhaupt keiner Lüge, jetzt im nachhinein, ich weiß, das klingt lächerlich. Aber er hat so oft darüber gejammert, wie nach dem Krieg von den Siegern versucht worden sei, das Denken zu reglementieren, was natürlich seiner Meinung nach nicht gelingen habe können ... Jedenfalls, er hat immer von einem Sieg der Reglementierer geredet und daß Gefahr damit verbunden wäre, unreglementierte Gedanken laut auszusprechen. Und immer hat er dabei durchklingen lassen, daß er lieber schweigen wolle als denen nach dem Ideologiemaul zu reden. Ich hab wahrscheinlich, so naiv war ich anscheinend wirklich, aus diesem Gerede abgeleitet ... Wie soll ich sagen? Eine Absage an die Lüge schlechthin. Auch was unser Verhältnis angeht, das ja, könnte man sagen, auf seiner Seite eine gelebte Lüge war ... Er hat immer behauptet, seiner Frau gegenüber insofern immer ehrlich zu sein, als er nichts bestritten, freilich auch nichts bestätigt habe. Er hat's, hat er behauptet, einfach unkommentiert gelassen. Und ich hab ihm das auch geglaubt. Ich hab ihn, anders kann man's nicht nennen, auch wenn's noch so blöd ist, für einen Ausbund an Ehrlichkeit gehalten. Kann sein, daß ich's einfach so hab sehen wollen, aber, ganz ehrlich, eher hab ich ihm einen Mord zugetraut als eine Lüge«, sagt Martha Dressler. »Aber er ist, wie's aussieht, zum einen wie zum anderen fähig.«

13

Seit fünfzehn Jahren schon, davon die letzten zehn Jahre als der für die Produktionsabläufe verantwortliche Direktor, arbeitete Grossmann in der Lebensmittelfabrik, die nahe dem Autobahnzubringer auf der grünen Wiese stand und in der Gemüse aus dem nahen Marchfeld tiefgekühlt oder eingedost wurde, püriert und eingedickt, seit ein paar Jahren auch zu Fertiggerichten verarbeitet, die nur mehr im Mikrowellenherd aufgewärmt werden mußten.

Lebensmittelfarben wurden in der Fabrik in so großen Mengen verbraucht, daß Grossmann seit nun schon mehr als zwei Wochen damit rechnete, einmal von der Polizei angerufen zu werden. Er würde, hatte er sich für diesen Fall zurechtgelegt, bereitwillig über Verwendungszwecke und spezielle Eigenschaften der verschiedenen Farbstoffe Auskunft geben, er würde darauf verweisen, daß die Farbstoffverordnung Nr. 279, Liste A, BGBL, 95. Stück, aus dem Jahr 1979 peinlich genau beachtet werde, er würde mit der Bitte um Diskretion auch die verarbeiteten Mengen nennen, selbstverständlich die Lieferanten und deren Adressen.

Violette Farbe würde er nicht erwähnen, falls aber danach befragt, wahrheitsgemäß antworten, daß violette Lebensmittelfarbe in seiner Produktion nicht zur Anwendung käme, »nein, auch nicht beim Rotkraut, auch wenn das vielleicht so aussieht«.

Vielleicht, wenn ihm danach war, würde er den Polizisten noch den Hinweis geben, daß es violette Lebensmittelfarbe an sich gar nicht gab, vielmehr eine Mischung aus etwa einem Drittel Indigotine E 132 und zwei Dritteln Chochenillerot E 124 sei, gebunden für gewöhnlich durch Kartoffelmehl, wobei das Rot in seinem Betrieb verwendet würde, nicht aber das Indigotine.

Grossmann hatte fest damit gerechnet, daß die Polizei anrufen würde. Die Farbe war, wie es schien, ihre einzige Spur.

Wenn sie herauskriegen wollten, woher sie kam, und das sollten sie, dachte er, ja wohl herauskriegen wollen, dann mußten sie bei Herstellern und Importeuren die Großabnehmer herausfinden. Diese Farben, vor allem jene der altbekannten Firma Anton Schimek aus Wien, die auch zu Grossmanns Lieferanten zählte, konnten zwar in Kleinpackungen auch im Lebensmittelhandel gekauft werden, aber der Attentäter, hinter dem die Polizei her war, hätte ebenso blöde wie leichtsinnig sein müssen, hätte er die notwendige Menge einfach im nächstbesten Laden gekauft, irgendeine Verkäuferin hätte sich in so einem Fall gewiß an ihn erinnert.

Aber vielleicht, räumte Grossmann ein, hatte die Polizei überhaupt keine Ahnung, welche Menge notwendig war für das Wasserreservoir eines mittleren Dorfes.

Das Pulver für den nächsten Anschlag füllte, in fünf Tupperware-Dosen verpackt, den halben Aktenkoffer, der jetzt, am Freitag, dem 24. Mai, kurz nach achtzehn Uhr, in einem Haus in Wien-Döbling neben dem Zahnarztstuhl stand, in den Grossmann sich gelegt hatte.

Daß er nach den offiziellen Ordinationsstunden noch zu Doktor Plottecker kam, war weder ungewöhnlich noch auffällig, denn sie waren seit vielen Jahren befreundet; Plottecker war über siebzig, hatte längst alle Kassenverträge aufgekündigt, behandelte nur mehr Privatpatienten und richtete sich, was die Termine anging, nach deren Wünschen. Seine Frau half ihm in der Ordination, heute war sie schon oben in der Wohnung, weil Plottecker wußte, daß Grossmann keine Zahnbehandlung brauchte.

Bei seinem letzten Besuch vor genau drei Wochen hatte er ihm immerhin ein wenig Zahnstein entfernt, heute gab es, das war nach einem Routineblick klar, und er hatte es vorher schon gewußt, nichts zu tun; Grossmann hatte, darauf war er stolz, bis auf eine Dreierbrücke links unten, ganz hinten, noch alle seine Zähne. »Aber sie werden immer länger und sehen jetzt schon wie Pferdezähne aus«, sagte er, »bald wird der erste locker werden und ausfallen.«

»Dagegen können wir nicht viel tun«, sagte Plottecker, »aber das kann noch ein paar Jahre dauern. Wenn du weiterhin so viel rauchst, erlebst du's gar nicht mehr.« Dann deutete er auf den Aktenkoffer und fragte: »Aufgabenstellung wie beim letzten Mal?«

Grossmann nickte und richtete sich im Behandlungsstuhl auf. »Wenn's geht, diesmal irgendwo weit weg vom Pinzgau. Vielleicht kannst du das Glückspaket diesmal auch in eine ganz andere Himmelsrichtung losschicken. Und es muß, das ist sehr wichtig, in der Nacht vom neunundzwanzigsten zum dreißigsten geschehen.«

»Farbe oder Gift?« fragte Doktor Plottecker.

»Dieses eine Mal noch Farbe«, sagte Grossmann.

»Und werdet ihr im Fall des Falles zurückschrecken vor Gift?«

»Was mich angeht, ganz bestimmt nicht, ein Fünfliter-Benzinkanister steht in meiner Garage bereit, halbvoll mit einem Zeug, das auch für zehntausende Leute ausreicht«, sagte Grossmann. Für die anderen beiden in seiner Gruppe könne er sich nicht verbürgen, aber er rechne zuversichtlich damit, daß sie, zu gegebener Zeit, »wenn die Stunde der Wahrheit gekommen ist«, über allenfalls zu erwartende Anfälle von Humanitätsduselei hinwegkämen.

»Das steckt, man möchte es gar nicht glauben, tief auch in meinen Leuten drin«, sagte Doktor Plottecker, »wir diskutieren gerade die Möglichkeit eines Bombenanschlags in einer U-Bahn-Station, man könnte eine Bombe nach bewährtem französischen Beispiel in einen Mistkübel stecken, aber bei meinen Leuten zeigt sich, auch wenn sie's abstreiten, doch immer wieder eine gewisse Scheu vor möglichen Todesopfern, die wir in diesem Fall natürlich einkalkulieren müssen und ohne die das alles ja gar keinen wirklichen Sinn ergibt.«

»Eigentlich auch keinen Spaß macht«, sagte Grossmann.

Schon lange, bevor Grossmann Doktor Plottecker für die Organisation geworben und zur Gründung einer eigenen Dreiergruppe angeregt hatte, hatten sie oft gerade darüber geredet: Die Überschätzung des menschlichen Lebens an sich.

Sie waren sich darin einig, daß es objektivierbare Kriterien für den Wert eines Lebens geben müsse, die bloße Existenz eines Menschen könne jedenfalls noch nicht bedeuten, sein Leben unter allen Umständen zu erhalten.

Sie hatten anfangs sehr vorsichtig geredet, in einem Ton zunächst, der es ihnen erlaubt hätte, eine Aussage im nächsten Satz als etwas rüden, vielleicht geschmacklosen Scherz hinzustellen, dann waren sie immer zielsicherer im Abklopfen des anderen geworden.

Das Christentum als Ursache dieser durch nichts zu begründenden Gleichmacherei?

Aber ja, und alles was sich, teils als Gegenposition, teils als Sekte, daraus entwickelt habe, die sogenannte Aufklärung, der Marxismus und all das!

Das Christentum habe freilich diese elende Gleichmacherei selbst nie praktiziert, der eigentliche Sündenfall liege in der Französischen Revolution. Könne man das so sagen?

Das könne man durchaus, wenn auch anzumerken sei, daß man damals noch um die reinigende Wirkung strömenden Blutes gewußt habe.

Ob man nicht, auch wenn dies heute unpopulär sei, mit einigem Recht sagen könne, daß wenn objektiv gesehen minderwertiges Leben unter allen Umständen erhalten bleibe, dieses sich in einer Weise vermehre, die der Gesamtbevölkerung durchaus zum Schaden gereichen könne?

Aber natürlich könne, müsse man das so sagen! Die hygienische Wirkung von Kriegen, die heutzutage leider geleugnet werde, müsse in diesem Zusammenhang erwähnt werden, auch die Seuchen, deren Verschwinden in dieser Hinsicht durchaus zu beklagen sei, da sie doch den Anteil der

Schwachen in einer bestimmten Population immer wieder auf ein vertretbares Maß reduziert hätten!

Ob nicht die heute allgemein, wenigstens offiziell durchgesetzte Ächtung jedweder Gewalt ein für die gesunde Menschheitsentwicklung schrecklicher Fehler sei?

Als ob es Leben, wirklich menschenwürdiges Leben nämlich, ohne Gewalt geben könne! Kampf ohne Gewalt sei nicht möglich, und Leben ohne Kampf sei stumpfes Dahinvegetieren.

Immer näher hatten Grossmann und Plottecker sich über die Jahre hinweg an ihre wirklichen Ansichten herangetastet, immer stärker hatte die überprüfbar ungeheuchelte Zustimmung des einen den anderen bewogen, Dinge auszusprechen, die sonst ungesagt blieben, in Grossmanns Fall sogar vor Wegner und Hladek.

Über die Faszination, die fließendes Blut etwa über die Symbolik hinaus auf ihn ausübte, hatte Grossmann mit niemandem je gesprochen außer mit Doktor Plottecker.

Grossmann hatte, davon war er fest und unverrückbar überzeugt, die fast sakrale Wirkung des aus einer Wunde hervorbrechenden Blutes bei der ersten Mensur, die er geschlagen hatte, erfahren. In jedem quälenden Detail erinnerte er sich noch an die Angst vorher, die ihn tagelang fast gelähmt hatte. In der Nacht zuvor hatte er gekotzt vor Angst. Dann auf dem Paukboden plötzlich all das Blut auf seinem Gesicht, Blut in seinen Augen, für Sekunden war er blind gewesen, dann der Geschmack seines Blutes im Mund, der brennende Schmerz, der auf einmal fast hysterischer Euphorie gewichen war, als habe das Blut alle Angst fortgewaschen, ein für allemal.

Für wenige Augenblicke nur, zugleich aber, dachte Grossmann, für ewig das sichere Gefühl unsterblich zu sein, das er, obwohl im unleugbaren Prozeß des fortschreitenden körperlichen Verfalls längst absurd geworden, heute noch zuverlässig abrufen konnte, wenn er nur an den Geschmack seines Blutes dachte.

Seither bedauerte er, keinen Krieg erlebt zu haben. Seine

drei Einsätze in Südtirol waren nur unzulänglicher Ersatz für das wirkliche Spiel um den Einsatz des Lebens gewesen, er hatte die Kugeln der Carabinieri nur pfeifen gehört, sein Leben war, mochten die anderen heute am Biertisch schwadronieren, soviel sie wollten, nie in Gefahr gewesen; die Kommandoaktionen, wie sie es genannt hatten, die beiden Sprengstoffanschläge auf Hochspannungsleitungen, dann der Anschlag auf das Italiener-Denkmal in Klausen, und wie sie gerade im letzten Augenblick noch gesehen hatten, daß die Carabinieri ihr Auto schon entdeckt hatten, die Flucht zu Fuß durchs Villnößtal, an der Schlüter Hütte vorbei und hinüber ins Gadertal, das alles hatte Grossmann einen Vorgeschmack auf Krieg vermittelt, aber es war kein Blut geflossen, weder durch ihn noch aus ihm.

Doktor Plottecker war, Grossmann beneidete ihn darum, im Krieg gewesen, bei der Waffen-SS, wie er ohne Umschweife schon ganz am Beginn ihrer Freundschaft zugegeben hatte. Er hatte gekämpft, er hatte getötet, und er hatte überlebt.

Wenn Grossmann ihm zuhörte, fühlte er sich manchmal um das wirkliche Leben betrogen, denn er glaubte in solchen Augenblicken daran, daß der Mensch nur im Kampf auf Leben und Tod wirklich lebte, und er glaubte daran, daß er sich, hätte er seine frühen Mannesjahre nicht in Zeiten der faulen Kompromisse und des faulen Friedens verbringen müssen, in diesem Kampf bewährt haben würde.

Was er mit Wegner und Hladek und all den anderen nun versuchte, das war, er versuchte es so zu sehen, Krieg für ihn, wenigstens hoffte er, es würde als Kriegserklärung verstanden werden, daß sie ein ganzes Dorf auszurotten drohten und gegebenenfalls auch ausrotten würden.

Er wußte nicht abzuschätzen, was danach kommen würde, aber er träumte davon, der Humanitätsschleim, der alle Unterschiede zwischen Starken und Schwachen, zwischen Gesunden und Kranken unkenntlich machte, würde fortgeschwemmt in einer Welle, in einem Strom von Blut.

Manchmal phantasierte er sich, wovon er zu niemandem, auch nicht zu Doktor Plottecker sprach, in einen letzten großen Kampf, darin er weggefegt würde vom Antlitz der Erde, was nicht stark, nicht gesund, nicht kämpferisch war, und darin er selbst, vor dem Einschlafen gelang es ihm manchmal, es sich vorzustellen, mit der Waffe in der Hand kämpfen und fallen würde, wodurch ihm zuteil würde, was er für das einzig würdige Sterben hielt, der Tod im Kampf, das Fallen. Alles andere bloß Verrecken, denen angemessen und für immer zur Schande zugedacht, die nicht zu kämpfen bereit oder imstande waren.

Daß irgendwo, in Sankt Arschloch am Sessellift, ein paar hundert, vielleicht ein paar tausend Menschen an jenem Wasser verrecken würden, in das jenes Gift geschüttet werden würde, das in seiner Garage schon auf sie wartete, dieser Gedanke ließ ihn, er prüfte sich oft, völlig kalt.

Von der Sorte, die in diesem Fall krepieren würden, gab es seiner festen, unabänderlichen Überzeugung nach ohnehin zu viele auf der Welt.

Er haßte seinen Vater dafür, daß er sich sein Leben lang für dieses Geschmeiß eingesetzt hatte, das man, sagte er sich oft, ohne jede Gefühlsregung ebensogut auch vertilgen konnte wie Ratten, wie Fliegen, wie Ungeziefer, ohne daß der Welt damit etwas verloren ginge.

Sein Vater, der bis an sein Ende nicht hatte glauben wollen, daß der einzige Sohn einer schlagenden Verbindung beigetreten war, war Kommunist gewesen sein Leben lang, aber immer vorsichtig, immer klein und geduckt. Im Februar 1934 hatte er nicht mitgekämpft, weil das ein Aufstand der Sozialdemokraten gewesen war, in der Illegalität dann zu keinen größeren Widerstandsaktionen bereit, als ein paar Mark oder Pfennige für die Rote Hilfe kassieren zu gehen unter den Genossen; feige wahrscheinlich, vielleicht sogar zum Verrat bereit, dachte Grossmann, dann in der Gestapo-Haft, immer nur aufs Überleben bedacht, auch später, davon hatte er oft erzählt, an der Front, wohin man ihn nach damaligem Sprachgebrauch zur Bewährung geschickt hatte, aber er hatte sich gewiß nicht bewährt, weder im Sinne der Nazis noch im Sinne seiner eigenen Überzeugung.

Überleben hatte er wollen, sonst nichts, und das war ihm gelungen, auch 1949, als er unter Umständen, die Grossmann nie hatte genau rekonstruieren können, von den Sowjets eingesperrt worden war. Angeblich hatte ihm, dem Kommunisten, eine Deportation nach Sibirien gedroht, angeblich hatten ihn die Russen nur auf eine Intervention prominenter Wiener Kommunisten hin wieder freigelassen.

Danach befragt, hatte er immer nur von Irrtümern geredet, die bereinigt worden wären, bis zuletzt immer moskaugläubig, mit seiner Arbeit bei der Eisenbahn zufrieden, immer klein und geduckt; auch seinem Sohn gegenüber, als dieser ihm, nicht bloß körperlich, über den Kopf gewachsen war.

Einmal hatte Grossmann ihm, um ihn zu provozieren, aus Malthus vorgelesen, daß die Unternehmer die Löhne der von ihnen abhängigen Arbeit auf das Existenzminimum beschränken sollten, daß Elend und Hunger nun einmal das Schicksal breiter Bevölkerungsschichten seien, daß auf diese Weise das allzu schnelle Wachstum der Menschheit verhindert werde und wo es nicht verhindert werden könne, Seuchen für den gesunden Ausgleich sorgen müßten, und wo Seuchen fehlten, Kriege angezettelt werden sollten, um die unerträgliche und schädliche Vermehrung der minderwertigen Bevölkerungsteile zu verhindern.

Und der Vater hatte, statt Grossmann zu ohrfeigen, nur gelitten darunter.

Als er dann, 1964, tot auf dem Fußboden gelegen war, um halb vier in der Nacht auf dem Weg zum Klo einfach verlöscht und tot umgefallen, da war er seinem Sohn, den man herbeitelefoniert hatte, noch kleiner, noch geduckter vorgekommen als im Leben.

Er hatte, um sich ein für allemal von ihm zu distanzieren

und um den Toten noch herauszufordern, seine Ansichten immer radikaler formuliert, für sich selbst wenigstens, aber irgendwo tief drinnen, klein und geduckt, hauste sein Vater noch in ihm, ganz hatte er ihn nicht herausreißen, nicht herausprovozieren können, und manchmal spürte er dessen Angst in sich, wenn er zum Beispiel viel zu früh, jetzt oft schon um drei oder halb vier, aufwachte und dann, wovon ihn weder Bücher noch der Fernseher ablenken konnten, bis zum Morgengrauen nur an ein Dahinsiechen im Alter, an Krankenhausaufenthalte denken konnte, an den Verfall ohne jede Würde, ans am Leben Festhalten trotz aller noch kommenden Bresthaftigkeiten.

Dafür haßte er seinen Vater, und er haßte ihn, weil er ihm diese Krallenhände vererbt hatte.

Die Krankheit, an der Grossmann litt, eine »fortschreitende Beugeversteifung« der Finger, wie die Ärzte es nannten, hieß Dupuytrensche Kontraktur, ihre Ursache war unbekannt, erbliche Disposition wurde vermutet, und Grossmann schien diese Theorie zu bestätigen, denn auch sein Vater hatte darunter gelitten.

Zuerst hatten sich die Sehnen der Innenhand verhärtet, dann waren sie geschrumpft, so daß die kleinen und die Ringfinger zuerst, dann auch die anderen sich zu Krallen krümmten, die er nicht mehr strecken konnte.

Wegner hatte ihn, in einem Pissoir, einmal gefragt, ob er auch unter jener häufig auftretenden Begleiterscheinung leide, einer sogenannten Schwellkörperschwiele, *Induratio penis plastica*, volkstümlich auch Krummschwanz genannt. Grossmann hatte die Frage verneint, das sei eine eher seltene Begleiterscheinung, »ich jedenfalls kann so grad brunzen wie irgendeiner von euch«, es dann auch bewiesen, indem er einen Schritt zurückgetreten war und in hohem Bogen ins Urinoir geschifft hatte, dennoch fragten Wegner und Hladek nun jedesmal, wenn sie zufällig in einem Pissoir neben Grossmann standen, auf welcher Seite, links oder rechts, sie denn größere

Gefahr liefen, naß zu werden. Die Belehrung, die Grossmann dann stets folgen ließ, daß sich bei einem armen Schwein, das darunter litt, der Schwanz nur bei der Erektion, dann freilich schmerzhaft krümme, ignorierten sie und fragten das nächste Mal wieder, ob sie besser links oder rechts von Grossmann stehen sollten.

»In spätestens einem Jahr müssen die Hände wieder operiert werden«, sagte Grossmann zu Doktor Plottecker, der interessiert zuschaute, wie er eine Zigarette aus der Packung fingerte und in die rechte Krallenhand nahm, »dann in fünf Jahren wieder und so weiter, der Scheißdreck ist unheilbar.«

Sie saßen jetzt im leeren Wartezimmer, tranken Cognac, und Plottecker fragte: »Wieviel rauchst du eigentlich am Tag?«

»Sechzig«, sagte Grossmann, »ich bin auf immer leichtere Zigaretten umgestiegen, nur hab ich, um die gleiche Menge Nikotin zu kriegen, immer mehr davon geraucht, jetzt bin ich bei sechzig am Tag angekommen. Tendenz weiter steigend.«

Sie redeten, wovon sie fast immer redeten, wenn sie sich trafen, sie redeten über ihre Hoffnungen, die mit dem sich nun weltweit deutlich durchsetzenden Neoliberalismus verbunden waren, dem zwar jede metaphysische Dimension fehle, der aber immerhin so grundlegende Binsenweisheiten wieder in Erinnerung rufe wie jene, wonach jeder seines Glückes Schmied sei, oder die, daß ohne jeden Anspruch auf Mitleid unterzugehen habe, wer sich als untüchtig erweise.

Sie redeten und redeten, und ihr Gespräch landete wie immer in der Erörterung ihrer größten Sorgen, ob nämlich die anderen, die beiden aus Grossmanns Gruppe und jene aus Plotteckers, im Fall des Falles wohl bereit wären, »bis zum Letzten zu gehen«.

Den Staat ohne konkrete und weitreichende Perspektiven nur zu provozieren, hielten sie für kindisch und ihrer nicht würdig. Das Ziel mußte der Kampf um die Macht sein, und es konnte, darin stimmten sie überein, nur ein blutiger Kampf sein. Sie mußten, sonst hatte alles keinen Sinn, bereit sein, ohne jede falsche Sentimentalität und ohne sich von der nun zur Norm erhobenen Humanitätsduselei anstecken zu lassen, das Schwache, das Kranke und seine Befürworter zu eliminieren, um dem Starken, Gesunden wieder Platz zu schaffen.

Wie viele von ihnen sich dazu bereit finden würden, wie viele von ihnen für dieses Ziel ihre bürgerliche Existenz aufs Spiel zu setzen bereit wären, das war fraglich für sie. Es würden, so lautete stets der pessimistische Befund am Ende solcher Gespräche, wahrscheinlich nur sehr wenige sein.

Dennoch fühlte sich Grossmann, als er am Freitag, dem 24. Mai, gegen einundzwanzig Uhr in seinen Wagen stieg, um nach Hause zu fahren, gestärkt und bestätigt, wie immer wenn er Doktor Plottecker besucht hatte.

14

Der Major hat frischen Kaffee bestellt und schreibt jetzt wieder. Sie sitzen in einem Büroraum, der anscheinend selten benutzt und deshalb auch als Abstellraum verwendet wird. Sechs ineinander und übereinander gestapelte Stühle in einer Ecke, ein Turm aus Schachteln, gleich neben der Tür ein Kopiergerät, manchmal kommt, »Entschuldigung, Herr Major!«, ein uniformierter Polizist herein, um eine Kopie zu machen.

Vier oder fünf Seiten hat der Major schon vollgeschrieben, seine Schrift ist akkurat und winzig klein, Martha Dressler kann, verkehrt herum, nicht entziffern, was er schreibt.

Als sie wieder anfangen will zu reden, schaut er kurz auf, sein Blick bittet noch um einen Augenblick Geduld, er muß noch ein paar Wörter schreiben.

Das »Wein- und Bierhaus« hat geschlossen am Sonntag, also gingen Martha und Alexander am Nachmittag des 26. Mai die fast leere Josefstädterstaße hinunter, dann saßen sie vor dem Café Auersperg in einem Schanigarten, ein niedriges, eingezäuntes Bretterpodest, darauf zwei kleine Tische links, zwei rechts von der Tür, zwei Grünpflanzenkübel, ein jetzt leerer Taxistandplatz davor, durch die Landesgerichtsstraße floß sonntagnachmittagträge der Verkehr, aber er floß, auf der anderen Straßenseite dicke weiße Kumuluswolken in einer braungoldenen Spiegelfassade, und Martha redete von ihren Sommerreisen.

Daß man, sagte sie, außerhalb der menschlichen Ansiedlungen an der ganzen Nordküste des Mittelmeers, betrachte man nur das kleine Stück Landschaft, das man gerade sieht, nie wirklich sagen könne, wo man gerade fährt, überall, ob in Griechenland, in Dalmatien, in der Provence oder in Andalusien der gleiche bröselige Fels, der gleiche immergrüne, hartlaubige Maquis, Zuflucht aller Verfolgten seit altersher, und überall mancher scheinbaren Wildheit zum Trotz ganz von Menschenhand geschaffene Landschaft, jeder Stein einer Terrassenmauer von Eseln oder Maultieren herbeigeschleppt, jede Handvoll fortgeschwemmte Erde in Körben wieder zurückgebracht.

Sie redete, fiel ihr auf, mit Alexander ganz anders als mit Wegner, Beranek oder auch mit Rena. Wie eine Lehrerin? fragte sie sich und verneinte die Frage augenblicklich, sie redete anders mit ihm, nicht weil er jünger, sondern weil er anders war.

Von den Plätzen des Südens erzählte sie dann, wo die Männer in Gruppen zusammenstehen, unter den Arkaden, soferne vorhanden, die Jungen in kurzärmeligen Hemden oder T-Shirts, die Alten trügen, sagte sie, oft auch im Sommer Sakkos und Hüte, manch einer ohne Zahn im Mund, große Altmännerohren, tief eingegrabene Falten im kahlen Nacken. »Der Mann«, sagte sie, »hat tagsüber im Haus, das überall im Mittelmeerraum der Platz der Frau ist, nichts zu suchen. Sein Platz ist draußen, auf dem Feld, in der Stadt, auf der Piazza, im Café.«

Diese mediterranen Plätze wirkten, fuhr sie fort an diesem warmen Wiener Sonntagnachmittag, auch in den kleinsten Städten immer urban. »Wer nördlich der Alpen wohnt, der bleibt, wie soll ich sagen?, auch wenn er in den Städten lebt, ein Bauer. Der mediterrane Mensch ist auch als Bauer ein Städter.«

Friedrich Barbarossa habe Mailand zerstören und unbewohnbar machen und die Bürger in vier offenen Marktflecken ansiedeln lassen; das sei im Mittelalter auch die schlimmste Drohung der italienischen Städte untereinander gewesen, die anderen, die Konkurrenten, die Feinde zu Dörflern zu degradieren.

Ob sie nur im Mittelmeerraum reise, fragte Alexander, der, da er nun Martha direkt gegenüber saß, die Unbefangenheit, mit der er am Telefon redete, verloren zu haben schien.

Im Bett, dachte Martha, würde er sie wiedergewinnen, aber sie würde nicht ins Bett mit ihm gehen.

Sie habe ihre zwei Sommermonate auch schon in Skandinavien verbracht oder an der französischen Atlantikküste oder in Irland, aber meistens doch im Süden, einmal auch in Nordafrika.

Alexander war vor zwei Jahren mit Interrail kreuz und quer durch Europa gefahren, hielt das für etwas ganz ähnliches, Martha wollte ihm die Unterschiede zu ihrer Art des Reisens erklären, ließ es dann aber bleiben. Sie wollte nicht, daß jemand sagte, so müßte man's machen, es war kein Modell, und sie wollte kein Vorbild sein, niemand sollte mit dem Gedanken, das nachzuahmen, auch nur spielen.

Alexander schaute keinen Tag älter als fünfundzwanzig aus, eher jünger, Passanten mochten Martha für seine Mutter halten, eine noch junge Mutter zwar, aber immerhin, es war lächerlich, und Martha genoß diese Lächerlichkeit, bis ihr bedauernd auffiel, daß keiner der spärlichen Passanten einen Blick an sie und Alexander verschwendete. Für einen Moment wünschte sie, sie hätte ihn gebeten, sich zu Hause mit ihr zu treffen, und sie säßen jetzt auf der Terrasse vor dem Gasthof Schwimmer. Um alle Zweifel, ob es sich hier nicht doch um ein harmlos nostalgisches Zusammenhocken eines jungen Mannes mit seiner ehemaligen Lehrerin handelte, zu zerstreuen, würde sie ihre Hand auf Alexanders Hand legen, ihm tief in die Augen blicken, bis auch die dürftigste und armseligste Phantasie ringsum angeregt wäre, und sie würde die entsetzten Blicke genießen und im vorhinein schon ihren schlechten Ruf, an dem sie, wollte sie ihn behalten, fleißig würde arbeiten müssen. Der Gedanke, sich künftighin auf Beraneks moralische Stufe zu stellen und ihre Geliebten unter den ehemaligen Schülern zu suchen, gefiel ihr und noch mehr gefiel ihr die Aussicht, dereinst als *dirty old woman*, der Schrecken aller Mütter heranwachsender Knaben, zu gelten.

»Worüber lachst du?« fragte Alexander.

Sie antwortete nicht.

»Gibt es in dieser Zeit Männer für dich?« fragte Alexander weiter, anscheinend dachte er immer noch an Marthas Reisen.

»Nein«, sagte Martha und lachte dann, aber anders als zuvor. »Ganz selten nur. Nicht, wenn es sich irgendwie vermeiden läßt.«

»Nimmst du mich im Sommer mit?« fragte Alexander.

»Nein«, sagte Martha, »auf diese Art würde so was wie ein Urlaub draus.« Und es gehe, sie habe es ihm am Telefon oft genug gesagt, auch nicht weiter mit ihnen; was gewesen sei, sei schön gewesen, aber dabei bleibe es.

»Deines Apothekers wegen?« fragte Alexander.

»Kennst du übrigens seinen Sohn, den Richard?« fragte Martha. »Ihr müßtet eigentlich gleich alt sein.«

»Wir sind miteinander in die Volksschule gegangen. Aber dann ist er ins Internat gekommen. Manchmal seh ich ihn zufällig. Er studiert, glaub ich, jetzt Pharmazie. Er wohnt, glaub ich, irgendwo im neunten Bezirk ...«

Ich hab einen ehemaligen Schüler von mir überredet, für mich herauszufinden, wie Wegners jüngerer Sohn politisch eingestellt ist«, sagt Martha Dressler.

»Und?« fragt der Major.

»Nichts von dem, was dieser ehemalige Schüler mir ein paar Tage später erzählt hat, deutet darauf hin, daß er in rechtsradikale Kreise geraten sein könnte. Im Gegenteil, er verkehrt in Kreisen ... es ist genau so, wie Wegner es früher einmal gesagt hat, er verkehrt mit Leuten, die sein Vater Scheißlinke zu nennen pflegt.«

»Vielleicht tarnt sich der junge Mann«, sagt der Major, unverhohlenen Spott in der Stimme.

Darauf antwortet Martha Dressler nicht.

15

Am Montag, dem 27. Mai, gegen 16 Uhr bog ein Mann, etwa fünfundvierzig Jahre alt, von der Mariahilferstraße her kommend, wo er endlich einen Parkplatz gefunden hatte, zum Westbahnhof ein. Er war (irgendein biografisches Detail kann nicht schaden) Hauptschuldirektor in einem Dorf nicht weit von Amstetten, kam alle paar Wochen einmal nach Wien, hatte seit Jahren aber, wenn er in die Stadt hinein oder aus ihr hinaus fuhr, die Mariahilferstraße gemieden, nun fand er alles verändert.

Die U-Bahnstation hatte er noch nie gesehen, im Haus gegenüber, das nun blau gestrichen war, gab es immerhin noch die Apotheke und die Trafik, an die der Mann sich erinnerte. Wo früher der Eingang zum Postamt gewesen war, hing nun an einer Glasscheibe ein Hinweisschild »Eingang durch die untere Bahnhofshalle«, dort fand der Mann dann Rolltreppen, die auch von hier aus hinunter zur U-Bahn führten, schließlich auch das neugestaltete Postamt.

An den Glastüren hingen Zettel, die darauf hinwiesen, daß während der Umbauarbeiten, die immer noch andauerten, das Postamt zwischen ein und vier Uhr in der Nacht geschlossen halte.

Der Mann trug einen Billa-Plastiksack in der Hand und blickte sich vorsichtig um, als er den Schalterraum betrat, den er, alles war neu, noch nie gesehen hatte. Von den Postbeamten abgesehen, waren sechs Personen im Raum. Eine Frau, eine Jugoslawin oder Türkin, wie der Mann vermutete, blätterte in einem Telefonbuch, zwei Männer und zwei Frauen standen vor den Schaltern, ein weiterer Mann saß in der Mitte des Raumes an einem achteckigen Tisch, in dessen Mitte, in die Tischplatte eingelassen, eine üppige Zierpflanze stand und der von acht blaugepolsterten Hockern umgeben war.

Niemand achtete auf den Mann, der eben eingetreten war und der sich jetzt nach einem Briefaufgabeschlitz umsah. Er fand keinen und ging, weil er vermutete, daß bereits frankierte Briefe vielleicht irgendwo draußen eingeworfen werden mußten, wieder hinaus in die untere Bahnhofshalle, fand aber auch dort nicht, was er suchte.

Er schwitzte, als er wieder in den Schalterraum trat, aber das war gewiß nicht auffällig, denn es war ein frühsommerlich heißer Tag.

(Was denkt er? Man kann es sich vorstellen, und es wäre einfach zu schildern. Aber für den Fortgang der Geschichte ist es nicht wichtig, ob und in welchem Ausmaß er sich der Gefahr bewußt ist, jemandem aufzufallen, der sich später an ihn erinnern könnte. Er wird, dürfen wir annehmen, sich seiner Bedeutung bewußt sein. Er wird daran denken, daß er später in seiner Gruppe erzählen kann, eine heikle Mission bei einer gewiß aufsehenerregenden Aktion übernommen zu haben. Vielleicht denkt er auch gar nichts. Vielleicht, wir wollen ihn nicht überschätzen, konnte er das gar nicht alles gleichzeitig: Heftig schwitzen und sich umsehen und dabei noch denken.)

Jetzt entdeckte er zwischen den Schaltern 8 und 9 eine Tafel »Briefaufgabe – Letterbox«, er trat näher, griff noch im Gehen in seinen Einkaufssack, bekam vier Briefe zu fassen, warf sie in den Schlitz, danach fünf, dann wieder vier, dann auf einen Griff den Rest, insgesamt zwanzig prall gefüllte C-5-Kuverts warf er ein.

Im Hinausgehen drehte er sich noch einmal um und war sicher, daß ihn niemand beachtet hatte, niemandem schien auch aufgefallen zu sein, daß er Handschuhe trug, obwohl es an diesem Tag, wie draußen auf dem Europaplatz große leuchtende Ziffern auf einem Dach anzeigten, 27 Grad warm war.

16

Die Nachricht kam am Dienstag, dem 28. Mai, kurz vor neun Uhr: Von seinem Vertrauensmann in der Poststelle wurde dem Ministerialrat Doktor Wischnewski gemeldet, der Brief, von dem er gesprochen habe, sei eben eingelangt.

»Danke«, sagte Wischnewski nur und legte den Telefonhörer rasch wieder auf, da er nicht allein im Zimmer war. Der Bürodiener, den er, obwohl längst eine freundlichere offizielle Dienstbezeichnung üblich war, immer noch so nannte, stand neben seinem Schreibtisch und wartete darauf, daß Wischnewski das Deckblatt eines Aktes paraphierte, dann fragte er nach eventuellen Wünschen und verließ, da Wischnewski die Frage unbeantwortet ließ, mit dem Akt unterm Arm das Zimmer.

Das war nun der Augenblick, auf den Wischnewski sich seit Tagen vorbereitet hatte. Die Gefahr, kalt gestellt, von allen wichtigen Informationen abgeschnitten, von allen Entscheidungen ausgeschlossen zu werden, hatte ihn in den letzten zwei Wochen in Atem gehalten.

Die Gründe dafür würden sich kaum eindeutig eruieren lassen: Er konnte das Opfer einer ganz normalen Intrige geworden sein, wie sie in jedem Ministerium ununterbrochen gesponnen wurde, manchmal auch ohne erkennbaren Grund und ohne jemandem konkret schaden zu wollen, also *l'art pour l'art;* er konnte zwischen die Mühlsteine geraten sein, deren einer in der angestammten Mannschaft des Ministeriums, deren anderer in jenen Leuten bestand, die der Minister bei seinem Amtsantritt mitgebracht hatte. Wischnewski versuchte das alles, von einigen wenigen Anfällen wild pochender Angst abgesehen, so objektiv wie möglich zu betrachten, weshalb er auch die dritte Möglichkeit in Betracht zog: Es konnte ein konkreter Verdacht gegen ihn vorliegen, wodurch eine Art Quarantäne über ihn verhängt worden wäre.

Tatsache war, er erfuhr, was er von Rechts wegen erfahren

hätte müssen, nur mehr hinten herum, nicht mehr auf dem Dienstweg. Und was immer die Gründe auch sein mochten, einer von den dreien, an die Wischnewski gedacht hatte, oder vielleicht auch ein vierter, auf den er nicht kam, wichtig war, daß er ins Spiel zurückkehrte, und das war, zehn Tage lang hatte Wischnewski alles sorgfältig erwogen, ohne Eintrittspreis nicht möglich, also hatte er sich entschlossen, diesen Preis zu zahlen, der – häßlich formuliert – Verrat genannt werden konnte.

Wischnewski selbst glaubte es nicht so nennen zu müssen, er sah seinen Entschluß vielmehr als Ergebnis einer Prioritätenabwägung, und sie war eben zu ungunsten der Aktion Wegners und seiner Leute ausgefallen. Wichtiger war, daß er die neuen Wiener Polizei-Gruppen, deren Effizienz nach Wischnewskis Meinung unvergleichlich höher war, auch weiterhin mit Informationen versorgen und gegebenenfalls vor drohender Verfolgung warnen konnte.

Was Wegner, Hladek und Grossmann planten, das konnte Österreich im besten Fall ein paar Tage lang in helle Aufregung, vielleicht sogar in Panik versetzen, wirklich bewirkt konnte aber nichts damit werden. Die Aktionen der Polizei-Gruppen hingegen konnten und würden wohl auch auf längere Sicht die politische Landschaft Österreichs von Grund auf verändern, also mußte ihre unbehinderte Durchführung in erster Linie gewährleistet sein.

Der Staat mußte destabilisiert und am Ende unregierbar gemacht werden, das war klar und unbestritten, und dazu konnten Aktionen wie die der Wegner-Gruppe ihren Beitrag leisten, die Begleitbriefe aber würden alles ins Gegenteil verkehren. Es mochte für Hladek vergnüglich sein, mit seinen Geschichtskenntnissen zu renommieren und ein paar Thesen griffig zu formulieren, aber er stempelte die Aktionen damit zum – im landläufigen Sprachgebrauch – rechten Terror, und inwieweit man eine rechte Machtübernahme den Leuten als Mittel gegen ein von rechts verursachtes Chaos im Staat plausibel machen konnte, das hatte auch Wegner mit all seiner spitzfindigen Eloquenz nicht erklären können.

Wenn er zu glauben schien, daß das Argument zu verkaufen wäre, daß nur eine »gute«, nämlich besonnene Rechte die »böse«, die »terroristische« Rechte in Zaum halten könne, dann dachte Wegner nach Wischnewskis Meinung und Erfahrung einfach an den politischen Realitäten vorbei, die er, dies räumte Wischnewski ein, aus seiner Kleinstadtperspektive vielleicht einfach nicht so klar sehen konnte wie Wischnewski, der acht Stunden am Tag in der Wiener Herrengasse saß, im Machtzentrum des Feindes.

Jene Wiener Gruppen hingegen, von denen Wischnewski wußte, vor allem die Polizisten-Gruppen schufen das Gespenst eines Terrors von links und ließen es immer bedrohlicher wachsen, sie weckten damit in der Bevölkerung vielerlei Ängste vor dreckigen, unberechenbaren, chaosstiftenden Anarchisten und – furchteinflößender noch – vor gewaltbereiten Schwarzhäutigen; und die Ängste der tumben Massen würden, daran wollte Wischnewski mit aller Kraft mitarbeiten, in irrationaler Weise wachsen, von der Boulevardpresse geschürt werden und sich verselbständigen und für staatliche Instanzen unkontrollierbar werden, und am Ende würde man sich darüber einig sein, daß nur mehr eine starke Hand, die rücksichtslos durchzugreifen bereit und imstande wäre, Ordnung schaffen könnte.

Dies war für Wischnewski der richtige, der einzig erfolgversprechende Weg. Ihn mußte er unterstützen, und wenn es denn sein sollte, auch um den Preis, die Pläne der Wegner-Gruppe zu durchkreuzen.

Ein Preis würde zu bezahlen sein, denn er tat, so wenige Hinweise es dafür gab und so unwahrscheinlich es ihm auch vorkam, zweifellos gut daran, die Verdacht-Variante sehr ernsthaft ins Kalkül zu ziehen: Es würde ihn über jeden Verdacht erheben, wenn er als einziger dem Minister einen Ausweg aus einer schier aussichtslosen Lage vorschlug.

Das notwendige Gespräch hatte Wischnewski, seit Wegner ihm vor einer Woche die neuen Briefe gebracht hatte, in Gedanken immer wieder durchgespielt, in allen nur möglichen Varianten; so leicht würde keine Wendung ihn überraschen können, dennoch hatte er jetzt, als er die Nummer des Bürochefs des Ministers wählte, für eine Sekunde Angst, alles könnte sich in unvorhersehbarer Weise entwickeln, in eine Richtung, die ihm selbst gefährlich werden konnte.

Er habe, sagte Wischnewski, als er Doktor Aichinger am Apparat hatte, soeben einen anonymen Anruf erhalten, der sich auf einen neuerlichen rechtsextremen Anschlag auf eine Trinkwasseranlage beziehe, er müsse dem Minister sofort persönlich darüber berichten.

Wischnewski wurde um ein paar Minuten Geduld gebeten, und jetzt saß er vor dem Telefon, war plötzlich überzeugt davon, daß, was er vorhatte, ebenso falsch wie gefährlich war, er würde auch, fürchtete er, wenn der Minister ihn rufen ließ, alles vergessen haben, was er sich ausgedacht hatte, aber es beunruhigte ihn nicht, diese Angst – aber ja, es war wieder Angst! – schien ihm ganz normal, und tatsächlich war er, als Doktor Aichinger ihn zurückrief und bat, sofort zu kommen, auf einmal ganz ruhig.

Er stand auf, sagte im Vorzimmer, daß er oben beim Minister sei, ging den langen Gang entlang, die breite Treppe hinauf, und Aichinger wartete schon auf ihn.

Sie konnten einander nicht leiden und verbargen es nicht, aber Rivalitäten zwischen den Beamten und denen, die von außen kommend mit Sonderverträgen für den jeweiligen Minister arbeiteten, waren nicht ungewöhnlich und wohl auch nicht zu vermeiden: Die einen hielten die andern für überbezahlte Besserwisser, die anderen die einen für pragmatisierte Sesselfurzer.

Wischnewski hatte sechs Minister erlebt, und gewöhnlich hatte es nur wenige Jahre gedauert, bis die jeweils neuen Leute des jeweils neuen Ministers sich angepaßt, bis sie, wie es im Hause hieß, kapituliert hatten und selbst immer beamtenähnlicher geworden waren. Bei Aichinger würde es, glaubte Wischnewski zu wissen, anders sein, er war erst fünfunddreißig, er würde sich nicht anpassen, lieber das Ministerium verlassen, und die allgemeine Meinung im Haus war, daß Aichinger schuld daran war, daß der Minister niemandem im Haus traute.

Er telefonierte, als Aichinger und Wischnewski eintraten, und er legte den Hörer auch nicht auf, als er die beiden bat, Platz zu nehmen auf den rotgepolsterten Stühlen vor dem Schreibtisch.

»Also!« sagte er dann zu Wischnewski.

Der erzählte von diesem anonymen Anruf: Ein Mann sei es gewesen, ein Mann mittleren Alters, Schriftsprache, aber unverkennbar österreichisch gefärbt. Daß Briefe unterwegs seien, in denen ein neuer Anschlag angekündigt werde …

Der Minister deutete mit der freien Hand auf ein gefaltetes Papierbündel auf dem Tisch und hob dann ein Blatt hoch, das, zum Schutz vor Fingerabdrücken offenbar, in einer Plastikhülle steckte.

Wischnewski nickte, als begreife er eben jetzt, daß einer dieser Briefe schon angekommen sei. Dann berichtete er, der anonyme Anrufer habe ihm anvertraut, wer aller solche Briefe bekommen sollte.

Das war der Punkt, der den Minister interessieren mußte, denn was Wischnewski jetzt zu sagen hatte, konnte den Minister aus seinem Dilemma erlösen. Dessen Gesicht verriet nicht, was er dachte, aber das war immer so. Er bat Wischnewski mit einer Handbewegung um Geduld, dann drückte er einen Knopf seiner Telefonanlage, schaltete damit anscheinend die Freisprecheinrichtung ein, jedenfalls legte er den Telefonhörer jetzt weg und wiederholte, was Wischnewski ihm gesagt hatte.

»Dann haben wir in diesem Fall mehr Glück als Verstand«,

sagte daraufhin ein Mann, dessen Stimme Wischnewski nicht kannte und dessen Namen der Minister nicht nannte, und fragte dann: »Ist das eins der Telefone, die an der Anlage hängen?«

»Ja«, sagte der Minister nur.

»Gut«, sagte die Stimme, »wenn der Anruf registriert ist, dann haben wir noch einmal mehr Glück als Verstand, wenn nicht, dann war's ein hausinterner Anruf, dann haben wir endlich den Beweis dafür, daß jemand aus dem Haus in der Sache drinsteckt, wovon ich sowieso überzeugt bin.«

Wischnewski gab sich Mühe ganz ruhig zu bleiben, und er war sicher, daß er sich nicht gerührt, daß er keine Miene verzogen hatte.

Die Anlage, von der die Rede war, konnte nur jene sein, über die vor einem halben Jahr schon diskutiert worden war, deren Installierung dann aber, wie es ausgesehen hatte, am Einspruch der Personalvertretung gescheitert war. Bei allen im Ministerium einlangenden Anrufen sollten, das digitale Telefonnetz machte es möglich, die Telefonnummern der Anrufer registriert und mit Datum, Uhrzeit und Klappe des Angerufenen aufgezeichnet werden. Nun hatte man eine solche Anlage heimlich doch installiert, so heimlich, daß offenbar, Wischnewski hätte es sonst erfahren, auch die Telefonzentrale nichts davon wußte. Wenn er richtig verstanden hatte, dann wurden nicht alle Anschlüsse im Haus auf diese Art überwacht, aber seiner war darunter, sei es seiner exponierten Stellung wegen, sei es auch, er durfte diese Möglichkeit nicht außer Acht lassen, weil man ihn verdächtigte.

Wischnewski wollte und durfte jetzt nicht darüber nachdenken, welche dieser beiden Möglichkeiten die wahrscheinlichere war.

»Immerhin bewegt sich was«, sagte die Stimme, die Wischnewski auf einmal bekannt vorkam, die er aber immer noch nicht zuordnen konnte. Und sie erläuterte jetzt die Situation in eben der Weise, die auch Wischnewski seinem

Plan zugrunde gelegt hatte: Im Brief heiße es doch, daß es diesmal nicht möglich sein werde, die neuen Schreiben geheimzuhalten, da sie an eine große Anzahl von Menschen, vielleicht sogar an fünfzig oder hundert verschickt würden, und es sei eben nicht möglich, Leute zum Schweigen zu veranlassen, die man gar nicht kenne …

»Der Mann, der mich angerufen hat«, sagte Wischnewski so laut, daß er auch am anderen Ende der Telefonleitung verstanden werden mußte, »hat genau zwanzig Adressaten genannt.«

»Warum sollte einer, der darüber Bescheid weiß, das tun?« fragte die Stimme.

»Ich weiß es nicht«, sagte Wischnewski, mit dieser Frage hatte er gerechnet. »Ich tippe auf Rivalitäten. Daß das rechtsextreme Lager durchaus nicht homogen ist, das wissen wir jedenfalls.«

»Also«, fragte die Stimme, »wer aller soll diese Briefe kriegen?«

»Ich hab's mir aufgeschrieben«, gab Wischnewski zur Antwort, holte einen Notizzettel, den er schon seit einer Woche bei sich trug, aus der Jackentasche und las vor, was darauf geschrieben stand: vierzehn Zeitungsnamen, der Innenminister, die Klubchefs der im Parlament vertretenen Parteien. Als er die Grünen nannte, sagte der Mann am anderen Ende der Telefonleitung »Scheiße!«

Doktor Aichinger war die ganze Zeit nur dagesessen, einen Notizblock auf den Knien, erst als der Minister ihn jetzt fragte »Was hältst du davon?« machte er den Mund auf: »Die Grünen sind, glaub ich, nicht das wirkliche Problem. Denen könnte man bei dieser Gelegenheit einen Beweis ihrer Seriosität abverlangen. Wenn sie, was sie sich ja sehnlichst wünschen, irgendwann einmal in der Regierung sitzen wollen, dann müssen sie jetzt beweisen, daß sie auch einmal staatstragend schweigen können. Das kann man denen schon klarmachen, das kann ich übernehmen, das krieg ich hin. Ob das mit den

Zeitungen aber auf die bewährte Art noch ein zweites Mal hinhaut, das bezweifle ich sehr.«

»Ich auch«, sagte der Minister, und wieder sah man ihm nicht an, was er dachte. Als ginge ihn das alles gar nichts an, schaute er drein.

Wischnewski war versucht zu fragen, auf welche Art man sich denn beim letzten Mal mit den Zeitungen und dem Fernsehen geeinigt habe, er müsse das, hätte er sagen mögen, wissen, damit er kreativ mitdenken könne. Aber er schwieg lieber, plötzlich schien es ihm besser, nur zu reden, wenn ihn jemand fragte.

»Du kannst ihnen sagen«, die Stimme redete jetzt den Minister direkt an, »daß die Ermittlung schon so weit gediehen sind, daß eine Veröffentlichung der Schreiben oder auch nur ihre andeutungsweise Erwähnung den Fahndungserfolg gefährden würde. Droh ihnen damit, daß du jeden, der die Tinte oder die Druckerschwärze nicht halten kann, persönlich dafür verantwortlich machen wirst, daß die Täter vielleicht auch diesmal wieder unentdeckt bleiben. Du schlägst auf diese Art zwei Fliegen mit einer Klappe: Du verhinderst die Panik, die unweigerlich ausbrechen würde, und du hast, wenn was schief läuft, einen Sündenbock zur Hand.«

Er wisse wohl, fuhr der Mann am anderen Ende der Telefonleitung fort, daß ein solches Agreement nicht lange halten könne, irgendwo sickere etwas durch, Journalisten seien als Plaudertäschchen und Plappermäulchen bekannt, jeder erzähle dem oder jenem dies oder das unter dem Siegel der Verschwiegenheit und jeder von denen erzähle es weiter. Aber Zeit sei immerhin gewonnen.

»Und was«, fragte der Minister ruhig, »wenn mich einer von denen fragt, ob wir diese Arschlöcher durch das Totschweigen ihrer Briefe nicht geradezu dazu herausfordern, wirklich Gift einzusetzen?«

»Lüg, daß sich die Balken biegen!« sagte der Mann, den Wischnewski immer noch nicht identifiziert hatte. »Sag einfach, daß ihr so nahe an denen dran seid, daß sie gar keine Gelegenheit mehr haben werden, Gift einzusetzen. Ich geh davon aus, daß alle Schreiben identisch sind, also haben alle gelesen, daß die Arschlöcher sich damit brüsten, daß die Veröffentlichung nicht unterdrückt werden kann, weil niemand weiß, wer aller die Briefe kriegt. Du aber weißt es! Wenn das kein Beweis dafür ist, daß ihr auf der richtigen Fährte seid!«

Wischnewski erwartete, daß der Minister und Doktor Aichinger nun ihn ansehen würden, dem sie dieses tatsächlich glaubwürdige Argument zu verdanken hatten, aber der Minister schaute zum Fenster hinaus und Aichinger starrte weiter auf seinen Notizblock, sie taten, als wären sie allein im Büro.

»Hör zu, du hast gar keine andere Wahl«, sagte die Stimme, und Wischnewski meinte plötzlich einen Akzent herauszuhören, den er landschaftlich aber nicht einordnen konnte. Er glaubte jetzt zu wissen, daß der, der da dem Minister sagte, was er zu tun und zu lassen, was er zu glauben und nicht zu glauben hatte, kein Österreicher war. »Hör zu«, sagte die Stimme noch einmal, »wenn das Zeug veröffentlicht wird, dann traut sich keiner mehr ein Glas Wasser zu trinken, dann bricht eine Hysterie aus, die wir uns wahrscheinlich gar nicht vorstellen können, dann gerät das alles derart außer Kontrolle, daß niemand von uns sich vorstellen kann, was daraus entsteht ...«

»Wir müssen davon ausgehen, daß der jetzt angekündigte Anschlag mit der Lebensmittelfarbe gelingt«, sagte nun Doktor Aichinger. »Und da wir nicht wissen, wo das geschehen wird, können wir auch nicht verhindern, daß das bekannt wird.«

»Daraus machen wir«, sagte die Telefonstimme, »einen Umweltskandal, davon hören die Leute genauso gern wie von Terroranschlägen. Sobald irgendwas mit gefärbtem Wasser bekannt geworden ist, setzt ihr den dafür zuständigen Bürgermeister unter Druck, und der wird dann bekanntgeben, daß bei den in der Wasserversorgungsanlage periodisch notwendigen Reinigungsarbeiten, für die diesmal eine Firma von außen herangezogen wurde, weshalb niemand in der Gemeinde etwas davon wußte, daß da ein kleines Malheur passiert ist. Es bestehe keine Gefahr für Leib und Leben, was niemand glauben wird, weshalb alle Umweltskandal schreien werden – und alle sind's zufrieden.«

»Und wenn wir die Arschlöcher damit wirklich herausfordern, zum Gift zu greifen?« fragte der Minister.

»Dann gnade uns Gott!« sagte die Stimme. »Aber, du wirst sehen, so weit kommt's nicht.« Mit der Bedrohung der Wasserversorgung sei zwar ein qualitativ neues Element ins Spiel gekommen, aber es gebe nicht den leisesten Hinweis darauf, daß die Arschlöcher – dies schien hier, dachte Wischnewski, das gängige Kürzel für Rechtsextremisten zu sein – jetzt auf einmal irgendwas anderes wollten als vorher.

Auf die Aufmerksamkeit der Öffentlichkeit käme es ihnen an, auf sonst nichts. Ihr Geltungsbedürfnis wollten sie befriedigen, und das sei ihnen bisher ja auch gelungen, da jede ihrer Aktionen, das allerkleinste Briefchen weit über Gebühr zur Kenntnis genommen und diskutiert worden sei, wodurch sie sich, ohne wirklich in Gefahr geraten zu sein, als Staatsfeinde Nummer eins hätten fühlen können. Sie freuten sich daran, die Öffentlichkeit und besonders auch die Polizei nach Belieben narren zu können. Sie könnten sich auf diese Art bedeutend und mächtig fühlen, darauf käme es ihnen an. Sie forderten den Staat heraus, und die Antwort des Staates, er sage das nun zum hundertsten Mal, könne nicht sein, die Herausforderung anzunehmen, sondern sie zu ignorieren, sie totzuschweigen. Andernfalls würde, wie man eben jetzt sehe, die Herausforderung immer dreister werden und die Sache käme nie zu einem Ende. »Krankhaftes Geltungsbedürfnis ist eins, Mord und gar Massenmord aber ist eine ganz andere Kategorie.«

Der Minister blickte auf die Uhr, es war kurz nach halb zehn. »Wir müssen uns um die Journalisten und die Herren Politiker kümmern«, sagte er. Und dann zum Telefon hin: »Bleib noch dran!« Zu Wischnewski aber sagte er: »Danke, Herr Ministerialrat.«

Wischnewski stand auf. »Ich hab noch niemandem ... Ich ruf in der Roßauerkaserne an, den GL/C und dann ...«

Aichinger fiel ihm ins Wort: »Sie reden mit niemandem darüber!«

Wischnewski, dem dieser Ton mißfiel, nickte, und als er die hohe, weiße, goldverzierte Tür des Ministerbüros von außen schloß, fiel ihm ein: Er hatte mit der Frage gerechnet, warum seiner Meinung nach ausgerechnet ihn dieser anonyme Anruf erreicht hatte, da er doch direkt mit diesen Dingen dienstlich nicht befaßt sei, und er hatte sich eine plausibel klingende Antwort ausgedacht, aber niemand hatte ihm diese Frage gestellt.

Außer nach dem Inhalt des Anrufes hatte man ihn, resümierte er jetzt, nichts gefragt.

17

Am Mittwoch, dem 29. Mai, kurz nach dem Mittagessen stieg ein etwa fünfzigjähriger Mann in einem Dorf in der Steiermark in sein Auto und legte einen schwarzen Aktenkoffer auf den Beifahrersitz.

Die ihn kannten, denen fiel, wenn sie ihn beschreiben sollten, als erstes stets das Wort sportlich ein. Blond, braungebrannt, man hätte ihn auch für einen Tennislehrer halten können, tatsächlich aber leitete er in der nahegelegenen kleinen Stadt, sein Amtstitel war Hofrat, die Wasserrechtsabteilung der Bezirkshauptmannschaft. (Braucht er eine Biografie? Hunderte wären möglich, wirkliche wie erfundene. Aber er braucht, da er hier nur eine einzige handlungsnotwendige Tat zu setzen hat, wohl keine. Daß er gerne Bezirkshauptmann geworden wäre, daß man ihm aber einen Jüngeren vorgezogen hatte, könnte immerhin zur Illustration erwähnt werden, aber es hat weder mit seiner zu beschreibenden Tat noch mit dem Motiv zu tun, also lassen wir ihn einfach losfahren.)

Er wußte noch nicht wohin. Ehe er aus der Siedlung, in der er sich ein Haus gebaut hatte, auf die Bundesstraße einbog, hielt er an und zählte an den Knöpfen seines Hemdes die Richtung ab, die er einschlagen würde: Süden – Norden – Osten – Westen – Süden – Norden. Der letzte Knopf überm Hosenbund hieß Norden: Ins Oberösterreichische also.

Pyhrnpaß oder Präbichl? Er zählte noch einmal ab: Präbichl. Dann, das ergab sich daraus, weiter ins oberösterreichische Ennstal.

Bis Leoben war ihm die Straße wohlvertraut. Weiter nach Norden, über den Präbichl nämlich, nach Eisenerz, war er in den letzten Jahren nur ein einziges Mal gefahren, als er als hoher Beamter an der Eröffnung einer Landesausstellung teilgenommen hatte. Er hatte (die lange Wegstrecke, die er zurücklegen wird, läßt uns Zeit, dies zu erwähnen) einen

Bruder in Salzburg, den er zwei-, dreimal im Jahr besuchte, seine Skiurlaube verbrachte er auf dem Arlberg, in Wien hatte alle Monate einmal beruflich zu tun, in Oberösterreich war er, wie er nachzurechnen versuchte, seit wenigstens fünfzehn Jahren nicht mehr gewesen.

Die Straße zwischen Eisenerz und Hieflau, am Erzbach entlang, war längst nicht mehr so schmal, wie er sie in Erinnerung hatte. Als er an die Enns kam, fiel ihm ein Kraftwerk ein, tief unten im Tal, zwischen grauen Felswänden eingekeilt, die steil abfallende Straße am rechten Ufer und unten im rechten Winkel eine schmale Brücke, aber jetzt gab es eine ganz neue Brücke, die die Enns im flachen Winkel überquerte. Ganz unten im Tal dann linker Hand eine Autoreparaturwerkstätte, an die der Mann sich noch erinnern konnte, danach ein steiler Berg, der auf ein Plateau hinaufführte, das Landl hieß, Kirchenlandl der eine Teil, Mooslandl der andere. Der Mann hatte, fiel ihm ein, seiner Frau gegenüber diese Gegend einmal den Arsch der Welt schlechthin genannt, in der, so weitab von jeder größeren Stadt, wohl nur Kuhhirten mit eremitischen Neigungen leben könnten, aber jetzt kam er (die wirtschaftliche Prosperität macht auch vor entlegenen Landesteilen nicht halt) an einer offenbar ganz neuen Möbelfabrik vorbei.

Eine Abzweigung der Straße führte hinüber nach Lunz am See oder nach Mariazell, aber der Mann fuhr, da er sich nun einmal für Oberösterreich entschlossen hatte, geradeaus weiter, über eine ampelgeregelte Umleitungsstrecke, einen halsbrecherisch steilen Karrenweg, wieder hinunter zur Enns nach Großreifling, über eine Brücke und am anderen Ufer wieder bergauf Richtung Altenmarkt.

Sein Beruf war es, Wasserversorgungseinrichtungen und Kläranlagen sowohl zu genehmigen als auch zu kontrollieren, bei jedem Dorf, durch das er fuhr oder an dem er vorbeikam, hätte er instinktsicher sagen können, wo ein Trinkwasserreservoir zu finden sein würde. Aber erst, er blieb gerne bei einmal gefaßten Entschlüssen, hinter Altenmarkt, jenseits der oberösterreichischen Grenze, fing er an, gezielt zu suchen.

Nach elf Kilometern fand er links unter der Straße einen kleinen Ort, den sich näher anzusehen wohl lohnend gewesen wäre, aber es war erst halb vier, und was der Mann vorhatte, mußte in der Nacht geschehen, er hatte keine Lust, fünf Stunden in dieser gottverlassenen Gegend zu verbringen, auch sollte er von niemandem gesehen werden, also fuhr er weiter.

Das Tal weitet und verengt sich in rhythmischem Wechsel, die Tausend- oder Zweitausend-Seelen-Dörfer, jeweils sieben und acht Kilometer voneinander entfernt, breiten sich, wo Platz ist, über den Talboden hin aus oder ziehen sich an den engen Stellen lange hin auf schmalen Konglomeratbänken, in die der Flußlauf der Enns tief eingeschnitten ist. Als der Mann kurz nach vier ein solches Straßendorf verließ, da sah er, gleich nach der Ortstafel, wo das Tal sich wieder weitet, mitten auf einer Wiese ein kaum schrebergartengroßes Stück mit Maschendraht eingezäunt, er sah blecherne Lüftungsrohre und wußte, daß, was er sich vorgenommen hatte, hier geschehen würde.

Es war, das hatte er auch im Vorbeifahren auf den ersten Blick gesehen, eine Grundwasseraufbereitungsanlage, ein Horizontalfilterbrunnen, darauf hätte er wetten mögen, und ein mittelgroßes Sammelbecken; er kannte das System, hatte in seinem Bezirk im letzten Jahr zwei solche Anlagen genehmigt, aber hier wunderte er sich ein wenig, daß man ans Grundwasser gegangen war, mußte es doch auf den Berghängen ringsum Quellen genug geben. Aber vermutlich reichten sie nicht aus, so daß man auch das Grundwasser erschlossen hatte, der Mann nahm an, daß es von hier aus in einen Hochbehälter irgendwo überm Ort gepumpt wurde.

Gleich gegenüber, auf der anderen Straßenseite, hatte er eine Tankstelle gesehen, und er dachte, daß er in seinem eigenen Amtsbereich aus Sicherheitsgründen entweder die

Wasseranlage oder aber die Tankstelle, je nachdem, was früher entstanden war, nicht bewilligt hätte.

Auf einem Wegweiser hatte er gelesen, daß es nur mehr 22 Kilometer bis Steyr waren, dort fand er gegen dreiviertel fünf einen Parkplatz nahe der gotischen Stadtpfarrkirche, von der aus eine schmale Gasse hinunter zum Stadtplatz führte, wo der Mann eine Stunde oder noch länger spazierenging.

Dann saß er, der Abend war lau, gleich in der Nähe seines Parkplatzes in einem Gastgarten unter Kastanienbäumen, aß zu Abend und wartete auf die Nacht.

Kurz nach neun war er wieder an der Stelle, die er ausgewählt hatte. Die Tankstelle war geschlossen, neben einer Waschbox stand eine Reihe von Autos, die offenbar zum Verkauf angeboten wurden, der Mann stellte seinen Wagen daneben hin. Er holte den Aktenkoffer vom Beifahrersitz und aus dem Kofferraum für alle Fälle einen Bolzenschneider.

Dann überquerte er, ohne daß ihn jemand dabei gesehen hätte und sogar ohne daß ein Lichtkegel eines vorbeifahrenden Autos ihn erfaßt hätte, die Straße.

Als er dann keine Viertelstunde später auf dem Weg wieder nach Hause ins Dorf hineinfuhr, sah er, von Scheinwerfern angestrahlt, auf einem Felsen eine Ruine stehen, die er am Nachmittag, aus der anderen Richtung kommend, zwar gesehen, aber nicht beachtet hatte, weil er hinter einem quälend langsamen Holzfuhrwerk hergefahren war, und jetzt fiel ihm ein, daß sich der Hochbehälter wahrscheinlich irgendwo dort oben bei der Ruine befand.

Und daß jetzt in diesem Frühjahr, nach diesem langen, schneereichen Winter, die Quellen ringsum wahrscheinlich Wasser genug lieferten. Daß also zur Zeit vielleicht gar kein Grundwasser in den Hochbehälter, den es seiner Fachkenntnis nach geben mußte, gepumpt wurde. Daß es demnach besser gewesen wäre, den Hochbehälter zu suchen und die Farbe dort hinein statt in das Grundwassersammelbecken zu schütten.

Aber die Erkenntnis kam zu spät, denn die Tupperware-Dosen im Aktenkoffer waren leer.

(Der Mann hat einen Fehler gemacht, kein Zweifel. Einen Fehler, der gerade ihm, dem Fachmann, nicht hätte passieren dürfen. Aber er hat, so scheint es, im Sinne seiner Auftraggeber und Gesinnungsgenossen, die übrigens nie davon erfahren werden, eben deshalb versagt, weil er sich, anstatt nachzudenken, wie es ein Laie getan hätte, blind auf seine Fachkenntnis verlassen hat. Zwei Wochen später erst wird man in jenem Dorf im Ennstal wieder aufbereitetes Grundwasser in den Hochbehälter pumpen, aber dann wird das violett gefärbte Wasser nur Verwunderung, nichts sonst auslösen.

Der Minister übrigens wird früher schon die Tatsache, daß man nirgends in Österreich von gefärbtem Wasser gehört hat, etlichen Journalisten gegenüber im vertraulichen Gespräch als Beweis dafür nennen, daß seine Behauptung, man sei diesen rechtsradikalen Arschlöchern auf der Spur, richtig gewesen wäre, auch wenn es bisher noch zu keinen Verhaftungen gekommen sei. Er wird vielleicht sogar, ohne freilich ins Detail zu gehen, behaupten, seine Spezialisten hätten den Farbanschlag verhindern können.)

18

Gernot Wegner wollte am Mittwoch, dem 29. Mai, gegen halb elf zu Bett gehen, da fiel ihm ein, daß sie vielleicht einen entscheidenden Fehler gemacht hatten: Sie hatten – prahlerisch! wie Wegner nun erschrocken dachte – den genauen Zeitpunkt des geplanten Anschlages genannt. Sie waren immer davon ausgegangen ... Wegner korrigierte sich sofort, er konnte die Verantwortung nicht gleichmäßig auf alle drei verteilen, die Logistik war seine Sache gewesen, also mußte er sagen: *Er* war immer davon ausgegangen, daß es nicht möglich sei, alle Wasserversorgungsanlagen Österreichs zu überwachen. Und für einen längeren Zeitraum gedacht, stimmte das auch, weil sonst die gesamte Exekutive nur mehr diese eine Aufgabe hätte erfüllen können.

Aber eine Nacht lang, fiel Wegner nun ein, konnte man sehr wohl alle Gendarmen und Polizisten Wache schieben lassen. Der Gesinnungsfreund, der jetzt wahrscheinlich mit Grossmanns Farbe unterwegs war, würde in diesem Fall in eine Falle laufen – oder war vielleicht sogar schon festgenommen.

Wegner schob diesen Gedanken schnell beiseite, denn wer immer eine solche Aufgabe übernahm, der war, davon mußte man ausgehen können, gewiß gewitzt genug zu erkennen, ob die Luft rein war oder nicht.

Wegner fing an, sich auszuziehen, aber da fiel ihm ein, daß Gendarmen und Polizisten vermutlich nicht so dumm sein würden, einfach gut sichtbar Wachen aufzustellen. Und vor allem beunruhigte ihn: Er hatte wieder einen Fehler gemacht, und wo es einen Fehler gab, konnte es auch zwei geben oder drei oder vier.

Er zog sich noch einmal an, er würde jetzt ohnehin nicht schlafen können. Den Wagen ließ er im Hof stehen, unauffälliger als dort oben herumzufahren war es spazierenzugehen. Die Nacht war lau, ein warmer Westwind war aufgekommen.

Am schnellsten wäre Wegner hinauf zum Trinkwasserbecken gelangt, hätte er die Treppe hinter der Ulrichskirche genommen, aber er ging auf der Straße, die eine weite Schleife beschrieb, bog dann auf einen Weg zwischen den Weinbergen ein, umkreiste den Wasserbehälter also, um festzustellen, ob er nicht etwa aus sicherer Entfernung bewacht wurde, kam dann auf dem von Robinien gesäumten Spazierweg direkt an sein Ziel.

Nicht den geringsten Hinweis auf die Anwesenheit von Gendarmen hatte er entdecken können, also stieg er jetzt die Treppe hinunter, kurz nach Mitternacht lag er im Bett und schlief überraschend schnell ein.

Am Donnerstag, dem dreißigsten Mai, ging er um halb neun von der Apotheke quer über den Hauptplatz ins Café Strack und blätterte, was nicht ungewöhnlich war, bei einem kleinen Schwarzen rasch alle aufliegenden Zeitungen durch.

Die Briefe mußten spätestens gestern eingelangt sein, aber Wegner fand nirgends auch nur den leisesten Hinweis.

Er ging in die Apotheke zurück, verbrachte die gesamte weitere Geschäftszeit dort und ging zu jeder vollen Stunde, auch wenn er sich dafür bei einer Kundschaft entschuldigen mußte, nach hinten in sein kleines Büro, um im Radio die Nachrichten zu hören, aber die Meldung, auf die er wartete, kam nicht.

Er tröstete sich damit, daß auch beim ersten Mal im Radio nichts berichtet worden war, nur in der *Zeit im Bild*, aber diesmal lag der Fall doch anders: Die Briefe waren im vorhinein abgeschickt worden und hatten den neuen Anschlag angekündigt ...

Wegner fing an, sich Sorgen zu machen. Am Nachmittag rief er bei Hladek im Rathaus an, erfuhr aber, daß dieser sich bei einer Amtsleitertagung in Sankt Pölten aufhielt, daraufhin rief Wegner Grossmann an, der ihm aber nur bestätigen konnte, was er ihm schon am Sonntag gesagt hatte, daß er nämlich »das Glückspaket am Freitag auf den Weg gebracht« habe und ganz sicher sei, »daß der glückliche Adressat es schon erhalten und geöffnet« hätte.

»Und wenn's auf dem Postweg Probleme gegeben hat?« fragte Wegner.

Grossmann hielt das für ganz ausgeschlossen, die »Zusteller« seien zuverlässig, er müsse jetzt aufhören, sei mitten in einer Besprechung, sie würden am Abend weiterreden.

Als er um achtzehn Uhr die Apotheke zusperrte, hörte er sich, während er am Computer die täglichen Abschlußbuchungen durchführte, im Radio das Abendjournal an, ohne freilich zu hören, was er so dringend zu hören wünschte.

Gegen halb sieben fuhr er zu Martha, wie das nach der kurzen Unterbrechung nun wieder Donnerstagbrauch war. Er versuchte ihr zuzuhören, was sie über irgendeinen Zwischenfall in der Schule erzählte, und redete seinerseits darüber, daß seine Magistra und die beiden Helferinnen auch heute, drei Jahre nach Einführung der EDV, noch nicht imstande seien, die mit dem Barcode-Scanner eingelesenen Daten mit dem tatsächlichen Lager- und Kassenstand in Einklang zu bringen, jedes zehnjährige Kind könne das vermutlich, nicht aber dieser von ihm beschäftigte akademische Trampel und die beiden überbezahlten anderen Damen, täglich stelle er Differenzen zwischen den Einnahmen, die der Computer angebe, und dem fest, was tatsächlich in der Kassa sei; einmal zeige sich hier, einmal da der höhere Wert, so daß man nicht einmal sagen könne, daß jemand ihn bestehle. Die drei Weiber seien einfach zu blöd, das sei alles, und es sei zum Weinen!

Dann wollte Martha über seinen Sohn Richard reden, und er beklagte sein schreckliches Vaterlos, hatte dann für den Augenblick das Gefühl, als glaube Martha ihm nicht, was er ihr erzählt hatte, aber er sagte sich gleich darauf, da habe er sich wohl getäuscht.

Um halb acht drehte Martha, ohne daß Wegner sie darum bitten mußte, den Fernseher auf. Wegner überlegte, was er

Martha sagen würde, wenn die bewußte Nachricht kam, aber sie kam ohnehin nicht.

Wegner fuhr, für Martha mußte, dachte er, alles wie immer sein, zum Schwimmer, um dort Hladek und Grossmann zu treffen.

Grossmann saß allein da, ein Seidel Bier vor sich, von dem er erst einen Schluck getrunken hatte, eine Zigarette in der Hand. Mit einem leichten Kopfschütteln deutete Wegner an, daß sie auch heute von ihrem Grundsatz, in der Gaststube nicht »über ihre Sache« zu reden, nicht abgehen sollten, darum sagte Grossmann nur: »Das geht alles schon in Ordnung, du wirst sehen.«

Schwimmer kam und brachte, ohne daß Wegner es hätte bestellen müssen, ein Viertel Zweigelt. Wegner griff nach dem Glas, stellte es aber wieder hin, ohne getrunken zu haben, und als Schwimmer außer Hörweite war, flüsterte er: »Ich kann nicht einfach hier sitzen und auf Hladek warten, ich fahr rasch zu Wischnewski.«

Draußen auf dem Parkplatz, vom Autotelefon aus rief er ihn an, er war zu Hause, in zehn Minuten wollten sie sich im Preßhaus treffen.

Als Wegner wegfahren wollte, sah er Hladeks Wagen kommen, sie stiegen beide aus, und Hladek, der heute noch keine Nachrichten gehört hatte, sah erschrocken aus, als er hörte, daß es keinerlei Reaktionen gab, weder auf die Briefe, noch auf den neuerlichen Anschlag. »Du glaubst, es ist was schief gegangen?«

»Oder die Polizei hat sich was einfallen lassen, wie sie uns sozusagen neutralisieren kann«, sagte Wegner, »das wär noch schlimmer.«

18

Daß sein Telefon im Büro überwacht wurde, das mußte, hatte Wischnewski in einer sorgfältigen Analyse der Lage festgestellt, durchaus kein Nachteil sein. Sie konnten nur von außen kommende Anrufe registrieren und aufzeichnen, jener Anruf, von dem er dem Minister berichtet hatte, konnte aber, da er nicht stattgefunden hatte, nicht registriert sein, woraus die Überwacher den Schluß ziehen mußten, daß es ein hausinternes Gespräch gewesen sei, daß also, wovon lange schon gemunkelt worden war, jemand im Ministerium für die andere Seite arbeitete.

Wahrscheinlich suchte man nun verbissen nach ihm, Wischnewski aber konnte, im sicheren Wissen, gehört zu werden, in seine Telefongespräche den einen oder anderen Satz einfließen lassen, der ihn über jeden Verdacht erhob. Auch sprach er am Telefon jetzt ausführlich über seine Arbeit zu Hause als Gemeinderat, und wer ihn belauschte, konnte keinen Zweifel hegen, hier einen aufrechten Sozialdemokraten reden zu hören.

Noch war in der Art, wie man ihn behandelte, keine Veränderung eingetreten, aber es waren erst eineinhalb Tage vergangen, und wenn nun die Aktion der Wegner-Gruppe einfach im Sand verlief, so mußte man, hatte Wischnewski kalkuliert, diesen Erfolg seinem Konto gutschreiben, hatte er doch, daran konnte niemand rütteln, dem Minister den Schlüssel zur Lösung des Problems in die Hand gegeben.

Also mußte er Wegner davon überzeugen, die Aktion einfach abzublasen.

Wischnewski hörte ihn kommen, auch Churchill, der Bullterrier, hörte ihn und sprang, als Wegner die Tür des Preßhauses öffnete, an ihm hoch, als wäre er ein unbekannter Eindringling, Wischnewski mußte ihn zurückpfeifen, und Churchill ließ tatsächlich von Wegner ab, rannte dann aber durch die noch offene Tür hinaus in die Weingärten.

»Ich weiß nicht, was er heute hat«, sagte Wischnewski, »irgendwas hat ihn nervös gemacht.«

»Weißt du irgendwas über unsere Sache?« fragte Wegner, und Wischnewski schüttelte nur den Kopf.

»Sind die Briefe angekommen?« fragte Wegner weiter.

»Ich müßte«, sagte Wischnewski, »wenigstens wissen, ob der für den Minister angekommen ist, aber ich weiß es nicht.«

Er habe, berichtete er dann ausführlich, die Schachtel mit den Briefen am Dienstag der vergangenen Woche innerhalb seiner Gruppe weitergegeben und könne sich, darin vertraue er der Organisation voll und ganz, nicht vorstellen, daß sie nicht einen erreicht hätten, der bereit gewesen sei, sie zur Post zu bringen. Zeit sei wahrlich genug gewesen, und nach dem Terminplan, an den er sich noch gut erinnere, hätten die Briefe am Dienstag dieser Woche oder am Mittwoch, allerspätestens aber, wenn man einen Aufgabeort irgendwo weit weg von Wien in Betracht ziehe, heute ihre Adressaten erreichen müssen.

Ob der Minister den Brief erhalten habe, könne er nicht sagen, und zwar habe er nicht nur offiziell nichts gehört, auch die sonst gut funktionierende Gerüchtebörse habe nichts vermeldet, auch habe, dies wisse er allerdings verläßlich, keine Krisensitzung wie nach dem ersten Brief stattgefunden.

Wegner stand immer noch nahe der Tür, jetzt kam er langsam näher und sah ratlos aus, enttäuscht, fast verzagt, und Wischnewski war jetzt sicher, daß er ihn überreden würde können, den Plan aufzugeben.

Er nahm den kleinen Weinheber von der Wand, zog damit Blaufränkischen aus dem kleinen Faß, das, »für den täglichen Gebrauch«, wie er zu sagen pflegte, neben dem großen Tisch stand, füllte zwei Gläser und reichte eins davon Wegner.

»Es schaut bei uns im Ministerium im Augenblick nicht gut aus, vor allem nicht für mich«, sagte er dann. »Ich bin letzte Woche dahintergekommen, daß sie mein Telefon im Büro abhören, alles, was von außen kommt, wird aufgezeichnet.«

Wegner müsse sich deshalb keine Sorgen machen, er habe immer mit einer solchen Möglichkeit gerechnet und sei deshalb stets auf der Hut gewesen. Einem, der sein ganzes Berufsleben im Innenministerium, im engsten Kontakt mit der Polizei verbracht habe, so einem müsse man das nicht erst sagen, daß heikle Dinge nicht am Telefon besprochen werden dürften.

Wischnewski glaubte an Wegners Gesicht ablesen zu können, was er nun dachte, wie die Bedenken sich häuften, wie die Zweifel wuchsen, wie die Ängste sich einnisteten in seinem Gehirn.

Also weiter! Ein bißchen Naivität vielleicht als nächsten Schritt: »Weißt du«, sagte er, »natürlich hat das was zu bedeuten, daß sie meinen Anschluß anzapfen, aber mit unserer Sache hat das ganz bestimmt nichts zu tun. Schon gar nicht mit eurer Aktion, hoffentlich auch nicht mit den Aktionen der Wiener Gruppen, von denen ich dir erzählt hab. Nein, ganz bestimmt nicht.«

»Womit dann?«

»Ich tippe auf ein internes Machtspiel«, sagte Wischnewski und war zufrieden damit, daß es nicht sehr überzeugend klang. »Jeder neue Minister bringt ein paar Leute mit, die zwar sein Vertrauen haben – in der Regel aber keine Ahnung von unserer Arbeit, die aber, sie müssen sich ja irgendwie durchsetzen, uns Beamten, die wir unsern Job gelernt haben, gern sagen möchten, wo's langgeht. In diesem Machtspiel wird mit harten Bandagen gearbeitet. Jemandem das Telefon anzuzapfen, das kann einfach auch Psychoterror sein, um ihn fertigzumachen. Und man kann meistens nicht einmal mit Sicherheit sagen, ob sowas nun aus dieser oder aus einer ganz anderen Ecke kommt. Es gibt auch – ich nenn's einmal – Fraktionen unter den Beamten. Das glaubt ja keiner, wie's in so einem Ministerium zugeht. Wenn ich sag, daß die Hälfte der Arbeitszeit mit solchen Spielchen draufgeht, ist das wahrscheinlich noch untertrieben.«

Wischnewski nahm einen Schluck Wein und fragte dann unvermittelt: »Hat wenigstens der zweite Teil eures Plans geklappt? Ich hab vorhin in den Nachrichten nichts von violettem Wasser gehört ...«

Wegner zuckte die Achseln und trank und sagte: »Wenn sie es geschafft haben sollten, all die Zeitungsredaktionen und die anderen politischen Parteien auf eine Linie des Schweigens zu bringen, dann schaffen sie es auch, einen solchen Anschlag totzuschweigen.«

Das könne er sich nicht vorstellen, sagte Wischnewski schnell. »Wie sollte so was funktionieren? Ich kenn die Briefe ja nicht im Detail, aber ... Hast du nicht irgendwas gesagt, daß der Anschlag für einen genauen Termin angekündigt worden ist?«

»Für gestern nacht, ja.«

Wischnewski dachte einen Augenblick nach: »Man könnte, aber ja, an alle Gemeindeämter in allen Städten und Dörfern Österreichs ein Fax schicken, wo drin steht, wenn bei euch violettes Wasser aus der Leitung läuft, dann behaltet das für euch und hängt es nicht an die große Glocke ...« Zufrieden sah er, daß Wegner über diesen Gedanken erschrak. »Aber ich weiß nicht, ob das im Sinne der Polizei funktionieren würde. Damit würde man doch nur die wildesten Gerüchte anheizen. Stell dir alle die kleinen Gemeindesekretäre vor, alle die Dorfbürgermeister, die würden doch nie im Leben den Mund halten!«

Wegner schüttelte den Kopf. Ihm sei, sagte er, diese Möglichkeit, alle Gemeindeämter in Österreich vor dem angekündigten Anschlag zu warnen, auch schon eingefallen. Zu spät zwar, wie er zugab, aber doch eingefallen. Ja, er gebe es zu, es sei ein Fehler gewesen, nicht daran zu denken, denn für eine Nacht hätte man gewiß eine Überwachung aller Wasserversorgungsanlagen organisieren können. Aber der Hochbehälter hier in der Stadt sei, er habe sich selbst überzeugt davon, unbewacht gewesen.

»Uh!« machte Wischnewski. »Solche Fehler können aber ins Auge gehen.«

»Ich hab drüber nachgedacht, so schlimm war der Fehler gar nicht«, verteidigte sich Wegner, »wir hätten ja von so einer Warnung erfahren, sie hätte bei Hladek auf dem Tisch landen müssen.«

»Und wäre sie dort gelandet, was hättet ihr dann getan?« fragte Wischnewski und war nun hundertprozentig sicher, daß er Wegner dazu bringen konnte, die Aktion ganz einfach zu vergessen. »Hättet ihr unseren unbekannten Freund – nennen wir ihn: den Attentäter – hättet ihr den noch rechtzeitig warnen können?«

»Was wäre wenn! Wenn meine Tante einen Schwanz hätt, wär sie mein Onkel.«

Wischnewski spürte auf einmal so etwas wie Mitleid mit Wegner. Der wußte nun wohl, daß sein grandioser Plan fehlerhaft war und deswegen nicht weiterverfolgt werden durfte. Mochte sein ideologischer Blick auch über die Jahrhunderte hinschweifen, sein taktischer, sein strategischer Blick aber reichte, das mußte er nun wohl einsehen, nicht weiter, als man vom Kirchturm aus sehen konnte. Er war ein Amateur, ein bemühter Provinzler, also im Grunde gefährlich für die große gemeinsame Sache.

Wegner schien Wischnewskis Gedanken zu erraten und sagte trotzig: »Zugegeben, es hätte eine solche Vorwarnung geben können, es hat aber offenbar keine gegeben.«

»Sie wäre ja auch reiner Wahnsinn gewesen«, sagte Wischnewski, um ihm einen Schritt entgegenzukommen, um einen Streit, der seine Absicht zunichte gemacht hätte, zu vermeiden. »Damit hätte man doch genau die Panik erzeugt, die man – vom Minister, von der Polizei aus – unbedingt verhindern muß.«

In Wegners Gesicht stand wieder Ratlosigkeit, und es tat Wischnewski jetzt leid, daß er Wegner verraten hatte müssen, aber um der großen gemeinsamen Sache willen und von einer höheren Warte aus gesehen hatte es geschehen müssen. (Er scheut sich längst nicht mehr, das Wort Verrat zu denken, er genießt vielmehr den tragischen Beigeschmack. Manchmal muß ein Mann auch etwas tun, wofür er sich eigentlich verachten müßte, oder nein? Er fühlt sich, dürfen wir annehmen, vom Schicksal angerührt, und Wörter wie »schicksalhaft«, »zwangsläufig« und »naturgemäß« spuken ihm, dürfen wir vermuten, durchs Hirn.)

»Also: Was ist demnach geschehen?« fragte Wegner nach einer Weile.

»Ich weiß es nicht, ich kann's beim besten Willen nicht sagen.« Wischnewski trank sein Glas leer, füllte es wieder, dann ein fragender Blick zu Wegner hin, aber der schüttelte den Kopf.

Draußen kläffte der Hund, Wegner erschrak, aber Wischnewski beruhigte ihn: »Nein, da kommt niemand. Wenn Churchill einen Besucher meldet, klingt das ganz anders, er wird im Weingarten hinter irgendeinem Vieh her sein.«

»Hast du mit deinen Freunden von der Staatspolizei gesprochen?«

»Ja«, sagte Wischnewski, »ich bin extra deshalb in die Roßauerkaserne gefahren ... Aber null Ergebnis.«

Daß er dort auch seinen Kontaktmann getroffen und von ihm erfahren hatte, daß der seit langem schon geplante Anschlag auf eine Polizeistreife bald schon stattfinden werde, vielleicht schon in einer der kommenden Nächte, davon erzählte er Wegner nichts.

Statt dessen sagte er: »Da fällt mir übrigens grad ein: Hätte es irgendwo in Österreich diesen Anschlag gegeben und er wäre irgendwie totgeschwiegen worden, die von der EBT hätten davon gewußt und hätten es mir gesagt, wenigstens angedeutet. Gernot, da läuft irgendwas anderes, was wir nicht durchschauen. Wenn du meinen Rat willst, Gernot, dann laßt die Sache einfach einschlafen! Ich kann euch keine Rückendeckung mehr geben. Und ohne diese Informationen von hintenherum ist das alles zu gefährlich.«

Er werde darüber nachdenken, sagte Wegner, und er werde mit den anderen, die schon auf ihn warteten, darüber reden.

»Gernot, hör zu«, fing Wischnewski noch einmal an, »noch ist, dafür leg ich meine Hand ins Feuer, nichts passiert, was euch irgendwie gefährden könnte. Und so, wie unsere Organisation aufgebaut ist und arbeitet, kann euch nach menschlichem Ermessen auch nichts passieren. Aber wissen kann man nie. Ihr habt was versucht. Der Plan war toll. Aber wenn ich euch nicht mit Informationen versorgen kann, dann kann das ganz schnell aus dem Ruder laufen und eine Eigendynamik kriegen, die ihr nicht mehr steuern könnt. Zu einem wirklich guten Plan gehört auch, daß man ihn aufgibt, wenn der weitere Ablauf nicht mehr kontrollierbar ist.«

Wegner trank sein Glas leer. »Ich muß zurück zu den anderen. Du läßt es mich wissen, wenn du irgendwas hörst.«

Wischnewski brachte ihn hinaus zum Auto. Lieber wäre es ihm gewesen, Wegner hätte klipp und klar gesagt, daß sie die Aktion nicht fortsetzen würden, aber es würde ihnen, dachte Wischnewski, ohnehin keine andere Wahl bleiben.

Er pfiff seinen Hund herbei, sie gingen zurück ins Preßhaus, und Wischnewski versperrte die Tür. Dann stieg er hinunter in den Weinkeller und befahl Churchill mitzukommen, der ihm aber nur widerwillig folgte.

Aus der Kammer, die niemand außer ihm kannte, holte er eine Maschinenpistole, die Heckler & Koch MP5 in der Kurzversion, die auch von der deutschen GSG 9 verwendet wurde, eines der Prunkstücke seiner Sammlung, er schob ein Dreißig-Schuß-Magazin hinein und steckte zwei weitere Magazine in den Gürtel.

Der Hund war unruhig, aber Wischnewski befahl ihm mitzukommen, und drüben im Schießkeller zwang er ihn, neben seinem rechten Fuß zu sitzen.

Wischnewski dachte an jene große Aktion, die in allernächster Zeit stattfinden würde, vielleicht heute nacht, vielleicht genau in dieser Stunde, und er wäre gerne dabeigewesen. Ob er tatsächlich den Mut dafür aufgebracht hätte, wußte er nicht, er wollte auch nicht darüber nachdenken, er wollte sich nur vorstellen dabeizusein.

Mit dem Daumen schob er den Umschalthebel ganz nach unten, drückte den Abzug, feuerte alle dreißig Schuß aus dem ersten Magazin auf den mittleren der drei Pappkameraden ab – und sah aus den Augenwinkeln, wie Churchill zitterte.

Seit er ihn besaß, versuchte Wischnewski dem Hund beizubringen, es ohne Zucken hinzunehmen, wenn neben ihm geschossen wurde. Bis heute aber war es ihm noch nicht gelungen.

20

Grossmann hatte den beiden anderen den Rücken zugewandt und schiffte nun pritschelnd an den Sockel des Franz-Joseph-Denkmals.

Wegner sagte: »Entweder hat die Organisation versagt oder ...«

Grossmann fiel ihm augenblicklich ins Wort: »Dann hätte die Organisation zweimal versagen müssen, einmal mit den Briefen, einmal mit der Farbe. Und genau das kann nicht sein.«

Hladek konnte Wegners Gesicht im Dunkeln nicht sehen, aber er spürte, daß Wegner ihn ansah und Unterstützung von ihm erwartete. Es war klar, daß Grossmann, sobald er fertiggeschifft hatte, dafür eintreten würde, sofort das Gift einzusetzen. Ebenso klar war, daß Wegner eben dies vermeiden wollte.

Welcher Seite er, Hladek, zuneigen würde, wußte er noch nicht. Viel sprach dafür, nun wirklich ernst zu machen, ebenso viel sprach dagegen. »Jedenfalls sollten wir uns den nächsten Schritt gründlich überlegen«, sagte er, da die beiden anderen offenkundig auf seine Meinung warteten. »Unüberlegte Schritte können wir uns nicht leisten, wir müssen die Situation ganz emotionslos analysieren, danach werden wir uns entscheiden.«

Grossmann drehte sich um und zog den Reißverschluß an seiner Hose hinauf, er steckte sich eine Zigarette an, und wenn er daran zog, leuchtete für eine halbe Sekunde sein Gesicht rot auf. »Sicher ist doch eins«, fing er an, »wir haben nicht geschafft, was andere sehr wohl geschafft haben. Und wir haben's nun auch im zweiten Anlauf nicht geschafft. Dabei hat, wenn ich mich recht erinnere, einer von uns diesen Plan vor ein paar Wochen noch für den Plan aller Pläne gehalten.«

»Hör auf!« fuhr Hladek ihn an. »Du hättest es gesagt, wenn du einen Fehler entdeckt hättest. Aber du hast keinen entdeckt, also meckere jetzt nicht herum. Wir alle drei haben den Plan ganz hervorragend gefunden.«

Da wollte sich Wegner wieder melden, aber Hladek hob rasch den Arm. Er meinte, etwas gehört zu haben. Sie horchten hinein in den nächtlichen Park, aber es war alles ganz still.

»Vielleicht sieht morgen alles ganz anders aus«, sagte Wegner dann ganz leise. »Vielleicht hat sich nur irgendwo eine Verzögerung ergeben.«

»Sowohl bei den Briefen als auch beim Anschlag?« fragte Grossmann, und sein Gesicht leuchtete wieder auf. »Das glaubst du doch selber nicht. Die Polizei hat uns ausgetrickst, und unsere Antwort darauf kann nur das Gift sein, sonst verarschen die uns immer weiter.«

Das Gift: Als sie an ihrem Plan gebastelt, ihn in jedem Detail hundertmal herumgedreht, geprüft, betrachtet hatten, da hatte das Gift nur die Rolle der ultimativen Drohung gespielt. Hladek wenigstens hatte nicht damit gerechnet, nicht einmal daran gedacht, daß sie den Einsatz des Giftes, dessen Herkunft Grossmann auch ihm und Wegner nicht verraten hatte, wirklich ernsthaft überlegen müßten.

Erst seit dem ersten mißglückten Versuch, seit kaum zwei Wochen also dachte er darüber nach, und er war, zu seinem eigenen Erstaunen fast, zum Schluß gekommen, daß er sich, wenn es denn gar keine andere Möglichkeit mehr gab, dem Giftanschlag nicht widersetzen würde.

Es würden ja, hatte er überlegt, nicht allzu viele Opfer werden, bestimmt nicht hunderte oder gar tausende, wie Grossmann manchmal sagte. Sogar wenn das vergiftete Wasser zum erstenmal früh am Morgen aus den Hähnen lief, wenn alle ihren Frühstückskaffee kochten, würden bei den ersten Vergiftungserscheinungen sofort Maßnahmen ergriffen werden, wodurch die Leute vor dem Wasser gewarnt würden, das Telefon war schließlich schon erfunden, auch der Rundfunk, man lebte nicht mehr in der Zeit, da Nachrichten ausgetrommelt werden mußten, sodaß die Zahl der Opfer sich,

Hladek redete es sich wenigstens ein, in engen Grenzen halten würde.

Im übrigen kümmerten ihn, er hatte es verblüfft festgestellt, solche Zahlen nur wenig, er hatte im Amt allerhand Statistiken zu lesen, soundsoviele im Jahr starben an Lungenkrebs, soundsoviele im Straßenverkehr, warum nicht einmal auch zehn oder zwanzig an Gift? Wo war der Unterschied? Und mit welcher Hybris glaubte heutzutage ein jeder, ein verbrieftes Recht darauf zu haben, uralt zu werden! Nie vorher in der Geschichte hatte irgendjemand damit rechnen dürfen, erst dann zu sterben, wenn sein Körper versagte. Allein im großen Pestjahr 1679 waren hier in der Stadt an die zweitausend Menschen, mehr als die Hälfte der damaligen Bevölkerung, »vor der Zeit« gestorben. Zweihunderttausend oder mehr waren im Februar 1945 in einer einzigen Nacht in Dresden unter britisch-amerikanischen Fliegerbomben und in dem von ihnen ausgelösten Feuersturm verreckt. Himmelschreiendes Unrecht, ganz gewiß, aber wo, bittesehr, stand das geschrieben, daß die Lebenszeit jedes einzelnen Menschen gerecht bemessen wäre?

Wer tatsächlich glaubte, Geschichte gestalten zu können, ohne bereit zu sein, notfalls auch Menschenleben zu opfern, der verkannte ganz einfach die einfachsten historischen Gesetze.

Noch hielt Hladek übrigens solche Überlegungen in ihrem konkreten Fall für hypothetisch, weil er daran zweifelte, ob einer sich finden würde, der bereit war, Gift in ein Trinkwasserbecken zu schütten.

Grossmann war fest davon überzeugt, Hladek aber zweifelte ernstlich daran. Auch wenn man nach reiflicher Überlegung zur Meinung gekommen war, daß Menschenleben geopfert werden mußten, um etwa einer politischen Forderung Nachdruck zu verleihen und ihr Aufmerksamkeit zu sichern, so waren diese Überlegung und die Durchführung der Tat mit eigener Hand doch zweierlei Paar Schuhe.

Hladek selbst wäre, für so berechtigt er den Anschlag auch

immer hielt, nicht fähig gewesen, ihn auszuführen. Er hatte sich in dieser Frage ernstlich geprüft, er hatte sich die Tat in allen Details vorzustellen versucht und wußte nun, er würde sich in den Minuten davor die Menschen in den Häusern ringsum vorstellen und sich fragen, warum gerade diese Menschen und nicht andere in irgendeinem anderen Ort? Und er würde von diesem Augenblick an nicht mehr imstande sein, das zu tun, was doch getan werden mußte. Ein Täter, der solcherart vor seinem Gewissen nicht zum gemeinen Mörder werden wollte, mußte über ein hohes Abstraktionsvermögen verfügen, die zu tötenden Menschen durften keine Gesichter kriegen, die das höhere Interesse sofort verdecken würden; die Notwendigkeit, sie zu opfern, durfte keinen Augenblick lang angezweifelt werden.

Wo sollte ein Mensch, der diese kühle Gelassenheit und gleichzeitig einen ganz und gar unerschütterlichen Glauben an die gemeinsame Sache besaß und dem Hladek alle Achtung entgegenbringen würde, aber gefunden werden? Die Auftragswege innerhalb der Organisation waren von Zufälligkeiten geprägt, was die Sicherheit aller gewährleistete, was es aber fast unmöglich machte, daß dieser schwierige Auftrag gerade diesen einen Mann erreichte, der vielleicht als einziger oder als einer der ganz wenigen in der Organisation imstande war, ihn unbeeindruckbar wie das Schicksal selbst, also ethisch sauber, durchzuführen.

Hladek wußte, daß er mit diesen seinen Überlegungen etwa gleichweit entfernt zwischen Grossmann und Wegner stand. Grossmann hatte nie den geringsten Zweifel daran gelassen, daß er den Einsatz des Giftes sowohl für berechtigt als auch für nützlich hielt. Wegner freilich, von judäochristlichen Skrupeln doch stärker geplagt, als er zuzugeben bereit war, hatte, wenn das Thema zur Sprache gekommen war, stets nur allgemeine Floskeln beigesteuert und gemeint, sie würden – Erst kratzen, wenn's juckt! – ausführlich darüber diskutieren, wenn diese Frage wirklich anstünde.

Nun stand sie an, nun juckte es. Und Wegner sagte: »Hladek hat ganz recht, wir müssen die Situation ganz emotionslos analysieren, aber nicht hier im Park, wo hinter irgendeinem Gebüsch jemand sitzen und uns zuhören kann.«

»Da gibt's nichts mehr zu analysieren! Wir haben überhaupt keine andere Wahl!« gab Grossmann zur Antwort.

»Hört zu!« flüsterte Wegner. »Wenn ich Wischnewski richtig verstanden hab, dann ist bisher von seiten der Polizei her nicht viel passiert, weil man das alles nicht wirklich ernst nimmt und ...«

Grossmann fiel ihm ins Wort: »Hast du nicht grad vorhin gesagt, er weiß überhaupt nicht, was läuft?«

»Laß mich ausreden, Herrgott nocheinmal! Wenn wir mit ungefährlicher Farbe arbeiten, dann ist das eine Sache, wenn wir uns aber zur letzten Konsequenz entschließen, wenn wir ...«, Wegner flüsterte jetzt wieder, »Gift einsetzen und Leute umbringen, dann beschäftigt sich die gesamte Exekutive Österreichs nur mehr damit, uns zu suchen. Und wer sagt euch dann, daß sie uns nicht finden?«

»So wie die Organisation aufgebaut ist, können sie uns überhaupt nicht finden, keiner von uns gibt einen Brief auf, keiner von uns schüttet irgendwas in irgendeinen Wasserbehälter, und von denen, die sowas tun, gibt's keinerlei Verbindung zu uns, wir kennen sie nicht, sie kennen uns nicht«, sagte Grossmann, und Hladek wußte, ohne daß er es sehen konnte, daß er nun grinste, weil er Wegner in die Ecke gedrängt hatte.

Hladek war ein wenig enttäuscht von Wegner, nicht erst seit heute; er war, er konnte es nicht mehr verbergen, einfach überfordert. In ihrer kleinen Gruppe hatte er den Chefideologen gespielt, den großen Strategen, den Meistertaktiker, und jetzt, da alles sich anders entwickelte, als er es vorhergesagt und vorausgeplant hatte, war er ratlos, weiter nichts. Sein Selbstbewußtsein, seine oft ironisch zur Schau gestellte Überlegenheit, das alles war, schien Hladek jetzt auf einmal, nur angemaßt, allenfalls geborgt von seinem Vater, dessen Geist, so hatte Hladek es bei Besuchen oft empfunden, immer noch durchs alte Apothekerhaus schwebte.

Hladek selbst entstammte, anders als Grossmann, einer durchaus angesehenen Familie, die Mutter Hauptschuldirektorin, der Vater Gendarmerieoffizier, immerhin als Oberst pensioniert, aber mit der Apothekerfamilie, die seit weiß der Teufel wie vielen Generationen im angestammten Haus am Stadtplatz saß, hatte man sich nicht vergleichen können. Der Name Hladek erinnerte daran, daß der Großvater, auch er schon Gendarm, aus dem Mährischen hierher versetzt worden war, hier hatte er dann, man wußte es noch in der Stadt, eine Bauernmagd aus der Umgebung geheiratet.

Dreiundzwanzig verschiedene Gendarmeriekappen hatte Hladek zu Hause in einer Glasvitrine liegen, Kokarden von vier verschiedenen Staaten, die Rangabzeichen ein Beleg des stetigen Aufstiegs über zwei Generationen hin.

Im Dritten Reich schien Hladeks Vater endgültig unter die Honoratioren der Stadt aufgenommen worden zu sein, nach dem Zusammenbruch freilich war er seiner Parteimitgliedschaft wegen heftig angefeindet worden, Wegners Vater hingegen, in den Augen der anderen offenbar Herrenmensch von Natur aus, eher bemitleidet, weil von den Russen gemaßregelt. Anders als Hladeks Vater, der sich auf den Katholizismus seiner Vorfahren besonnen hatte und 1948, als man den Ehemaligen das Wahlrecht wieder zuerkannt hatte, der ÖVP beigetreten war, hatte Wegners Vater sich bis zum Tod zum Nationalsozialismus bekannt, und keiner schien es ihm übel genommen zu haben.

Hladeks Kindheit war von scharfer Disziplin geprägt gewesen, im Apothekerhaus hatte er eine ihm völlig fremde Nonchalance den unwichtigen Dingen des Alltags gegenüber kennengelernt, Haltung statt Reglement, Stil statt bemühter Plackerei.

Er wußte nicht, ob er Wegner je beneidet hatte, von Kindheit an hatte er dessen Dominanz wie eine Naturgegebenheit akzeptiert, ihn über die Jahrzehnte hin heimlich bewundert, wenn er, was etwa seine Affären anging, kleinbürgerliche Konventionen souverän wie ein barocker Fürsterzbischof mißachtete, immer hatte Hladek Wegners Freundschaft als Aufwertung der eigenen Person empfunden.

Nun aber stand Wegner da und schien den – noch verhaltenen – Attacken Grossmanns hilflos ausgeliefert.

»Die Organisation ist perfekt, daran hab ich nie gezweifelt«, sagte Wegner jetzt, »aber es gibt Unwägbarkeiten, an die im vorhinein keiner denken kann. Ich bin überhaupt nicht dagegen, daß wir zur letzten Konsequenz schreiten, aber ich will, daß wir vorher alles bis ins letzte Detail durchdenken.«

»Du hast recht«, sagte Grossmann, »es gibt, wie du es nennst, Unwägbarkeiten. Und eine davon heißt Martha Dressler. Daß du deiner Freundin von unserer Aktion erzählst, damit hat tatsächlich keiner rechnen können.«

Einen Augenblick lang dachte Hladek, daß er Grossmann nicht hätte erzählen sollen, was die Dressler an jenem Abend beim Pühringer dahergeredet hatte. Aber Grossmann hatte ja recht, daß es so weit hatte kommen können, daß die Dressler irgendetwas wußte, war unverzeihlich.

»Davon abgesehen, daß ich's ihr nicht erzählt hab«, sagte Wegner, »die Sache ist geklärt und geregelt. Mach dir deshalb keine Sorgen.«

»Davon abgesehen, daß wir das glauben können oder nicht«, entgegnete Grossmann, »es hätte nie so weit kommen dürfen, daß sie irgendwas spitz kriegt, man verläßt sich nicht auf eine Frau, schon gar nicht verläßt man sich drauf, daß sie den Mund hält.«

»Überlaß das mir, ja! Wenn wir kein anderes Problem hätten, könnten wir froh sein!« Wegner schien nun zum Gegenangriff übergehen zu wollen.

Aber Grossmann sagte: »So wie ich's sehe, haben wir in deiner Martha ein sehr ernsthaftes Problem.«

»Langsam, langsam!« mischte Hladek sich nun endlich ein. »Bevor einer von euch was sagt, was er eigentlich nicht sagen möchte … Wir sollten das nicht hier im Park besprechen, nicht um halb elf in der Nacht! Wir treffen uns am Sonntag in meiner Jagdhütte, bis dahin denkt jeder für sich drüber nach, wie's weitergehen soll.«

21

Drei Männer saßen in einem weißen Opel Vectra (der erst am nächsten Morgen, am Freitag, dem 31. Mai also, als gestohlen gemeldet, schon wenige Stunden später aber, gegen Mittag, am anderen Ende von Wien, am Hietzinger Platzl nämlich, gefunden werden sollte, leer und unbeschädigt).

Der Mann auf dem Beifahrersitz schaute jetzt auf die Uhr, es war gleich halb zwölf. Die Straße zwischen den Gründerzeit-Zinskasernen, die ihren Fassadenschmuck aber längst verloren hatten, war zu beiden Seiten vollgeparkt, zuletzt hatte vor zehn Minuten noch ein Auto einen Platz gefunden. Drüben vor der Polizeiwachstube standen zwei Streifenwagen der Marke VW Golf auf reservierten Abstellflächen. Das Wirtshaus vorne an der Kreuzung hatte schon vor einer halben Stunde zugesperrt, nur mehr wenige Fenster, die man vom weißen Opel aus sehen konnte, waren beleuchtet. Seit ein paar Minuten nieselte es leicht.

Der Fahrer und der Mann auf dem Beifahrersitz sahen einander an, nickten einander zu, dann nahm der Fahrer ein Handy aus der Jackentasche, wählte eine Nummer, wartete einen Augenblick, nannte dann einen Namen (der nicht seiner war), er stellte sich als der Besitzer eines Kaffeehauses vor (das es tatsächlich gibt und das für zwielichtiges Publikum bekannt ist), nannte eine Adresse (die stimmte und ganz in der Nähe lag, nur drei Straßen entfernt). Eine Schlägerei sei in vollem Gang, berichtete er dann mit hektischer Stimme, wenigstens zehn Männer seien daran beteiligt, mit Messern, Schlagringen und abgesägten Baseballschlägern gingen sie aufeinander los, einer liege schon auf dem Boden mit einer Stichwunde im Bauch, vielleicht sei er schon tot. Das augenblickliche Erscheinen und Eingreifen der Polizei sei dringend erforderlich, ehe es noch mehr Tote gebe.

Der Fahrer des Opels steckte das Handy wieder ein, sagte

»Sie kommen sofort« und zog sich eine schwarze Wollmütze über den Kopf.

Dies taten auch der Mann auf dem Beifahrersitz und der dritte Mann im Fond des Wagens, und diese beiden stiegen nun aus, wobei sie die Autotüren offen stehen ließen, während der Fahrer den Motor startete und den Wagen zur Hälfte hinaus auf die Fahrbahn rollen ließ.

Die beiden anderen Männer gingen auf die Polizeiwachstube zu und holten unter ihren Jacken Maschinenpistolen hervor, eine israelische Uzi der eine, eine tschechische Skorpion der andere.

Sie waren noch zehn Meter von der Wachstube entfernt, da öffnete sich die Tür und zwei Polizisten liefen heraus. Der eine Mann, der größere von den beiden, hob seine israelische Waffe, aber der andere mit der tschechischen flüsterte: »Erst bis auch die anderen zwei da sind.«

Die beiden Polizisten hatten den ersten der beiden Streifenwagen schon erreicht, als noch zwei Polizisten aus dem Haus kamen.

»Jetzt!« sagte der eine Mann, der größere, und schoß auf die beiden Beamten beim Wagen, der kleinere aber schoß auf die beiden vor der Haustür.

Alle vier Polizisten stürzten zu Boden, fast gleichzeitig, einer fiel auf die Motorhaube des Streifenwagens, einer kam neben der Beifahrertür zu liegen, der dritte schlug rücklings gegen eine Mülltonne neben der Haustür, der vierte fiel mitten auf dem Gehsteig auf die Knie, dann vornüber, er konnte sich noch auf die Hände stützen und brüllte vor Schmerz.

Während die beiden vermummten Männer neue Magazine in ihre Waffen schoben, kam der weiße Opel mit den beiden offenen Türen heran. Der größere Mann schoß sein neues Magazin auf die beiden neben dem Streifenwagen liegenden Beamten leer, der andere feuerte noch einmal auf die vor der Tür, und im Knattern der Maschinenpistolen, das von den

Häusern ringsum widerhallte, hörte der vierte Polizist zu schreien auf.

Dann griff der kleinere Mann in die Innentasche seiner Jacke, holte einen Packen Zettel heraus und warf sie in die Luft.

Der Fahrer im Opel hatte die Häuser links und rechts genau beobachtet, jetzt erst wurde hinter ein paar Fenstern Licht gemacht.

Ein paar von den Zetteln tanzten noch in der Luft, als die beiden anderen Männer wieder in den Wagen sprangen. Sekunden später war der weiße Opel verschwunden.

Die Polizisten, die eine Viertelstunde später anfingen, den Mordanschlag auf ihre Kollegen zu untersuchen, fanden in der Umgebung der vier Leichen an die hundert Patronenhülsen vom Kaliber 9 mm, etwa vierzig davon vom hierzulande seltenen Typ Makarow.

Auf den Flugzetteln, die überall herumlagen und die vom inzwischen stärker gewordenen Nieselregen ein wenig aufgeweicht waren, stand zu lesen »Tod den Bullen! Tod dem Kapitalismus und seinen Helfershelfern!« und »Dieses war der erste Streich, und der zweite folgt sogleich!« und »Revolutionäre Befreiungsfront Michail Bakunin.«

22

Die Regeln, nach denen ein Verhältnis, eine Beziehung funktioniert«, sagt Martha Dressler, »die werden, glaub ich, gleich ganz am Anfang festgelegt, unausgesprochen natürlich, meistens jedenfalls. Und sie können dann nicht mehr geändert werden, der andere würde das, wie soll ich sagen?, als Vertragsbruch ansehen ...«

Der Major blickt sie an, wartet, ob Martha das näher erklären will, aber sie redet nicht weiter.

Die Tür geht auf, und eine blonde, kaum fünfundzwanzigjährige Polizistin kommt herein, sie stellt eine flache Schachtel zwischen Martha und den Major auf den Schreibtisch, legt einen Packen Papierservietten dazu: »Wir haben uns Pizza kommen lassen und haben uns gedacht, Sie müssen auch Hunger haben.«

»Danke«, sagt der Major.

Martha schüttelt nur den Kopf, und als die junge Frau das Zimmer wieder verlassen hat, fragt sie: »Können Sie mir sagen, warum Wegner und ich so verschieden denken? Wie können zwei Menschen, die in ein und demselben Ort wohnen, beide sind Mitteleuropäer, beide leben in mehr oder weniger der gleichen Gesellschaftsschicht, beide am Ende des zwanzigsten Jahrhunderts, wie können die so grundverschieden denken? Beranek, ein Bekannter, ich weiß nicht, ob ich schon einmal von ihm gesprochen hab, der hat einmal versucht, es mir zu erklären, es war irgendwie einleuchtend, was er gesagt hat, aber ich hab's, glaub ich, doch nicht ganz verstanden oder einfach vergessen ... Verstehen Sie, Herr Major, da existieren zwei völlig verschiedene Welten nebeneinander, die haben miteinander nichts, aber auch schon gar nichts zu tun, und keiner merkt es, alle tun so, als wär das eine einzige Welt ...«

Der Major hat jetzt ein Stück fettiger Pizza in der Hand und zuckt die Achseln. »Frau Dressler«, sagt er dann, »wir müssen jetzt einmal konkret werden, wir müssen Nägel mit Köpfen machen. Wollen Sie Strafanzeige gegen Herrn Wegner erstatten?«

»Hätte das einen Sinn?«

»Was Sie ihm vorwerfen, ist strafbar, kein Zweifel. Aber haben Sie irgendeinen Beweis?«

»Daß er mit diesen Anschlägen zu tun hat, hat er mir selbst gesagt.«

»Aber doch wohl nicht vor Zeugen, oder? Außerdem, Frau Dressler, es gibt diese Anschläge nicht. Es gibt, furchtbar genug, Terroranschläge von links, aber, so viel wir wissen, keine von rechts und schon gar keine Anschläge auf Wasserversorgungseinrichtungen.« Zwischen dem Mund des Majors und seiner Hand spannt sich gleich darauf ein Käsefaden, der erst abreißt, als er zwanzig Zentimeter lang ist, der Major kaut, er schluckt, dann fragt er noch einmal: »Also, was soll ich tun? Was wollen Sie?«

»Ich will nicht sterben«, sagt Martha, »ich will nicht umgebracht werden.«

»Das kann ich verstehen«, sagt der Major, einen neuen Bissen kauend. »Wer will das schon!«

Die Samstagnachmittage, die Wegner sich für Martha freinahm, waren anders als die kurzen Besuche während der Woche, auch von der Stimmung her. Meist fuhren sie aufs Land hinaus, in einem Umkreis von fünfzig Kilometern standen bei schönem Wetter drei Gastgärten zur Auswahl, alle drei mit schönen alten Kastanienbäumen, heute, am Nachmittag des ersten Juni, aber regnete es.

»Wohin fahren wir eigentlich?« fragte Martha.

»Sag, wohin du willst.«

Die Autos vor ihnen zogen Fahnen aus feinzerstäubtem, schmutzigem Wasser hinter sich her, links und rechts vom Scheibenwischer bildeten sich dicke Dreckspuren, die der Fahrtwind am Ablaufen hinderte, später auf der Autobahn sogar nach oben trieb.

Wegner fuhr jetzt Richtung Wien. »Spricht irgendwas gegen einen geruhsamen Nachmittag im Café Landtmann?« fragte er. »Ich war, glaub ich, seit drei, vier Jahren nicht mehr dort.«

Aber Martha wollte nicht nach Wien, nicht mit Wegner. »Fahr Richtung Burgenland«, sagte sie, und Wegner bog auf die nächste Abfahrt ein.

Die Bundesstraße lief in manchmal überraschenden Kurven zwischen den Äckern hin, obwohl die Gegend ganz flach war und es kein Hindernis gab, dem die Straße hätte ausweichen müssen, ganze drei Bäume waren zu sehen, schief vom vorherrschenden Westwind, und hinten am Horizont sah man eine flache Hügelkette wie aus grauem Karton ausgeschnitten, sonst nur Ackerland.

Wegner fing vom Mordattentat auf ein Wachzimmer in Wien zu reden an, von dem die Zeitungen seit gestern voll waren, aber Martha bat ihn zu schweigen, sie konnte seine klugen Ausführungen, seine daran geknüpften politischen Schlußfolgerungen nicht mehr ertragen.

»Warum hast du mich angelogen?« fragte sie. »Zweimal hast du mich angelogen.«

Wegner tat, als wisse er nicht, was sie meinte, aber natürlich wußte er es.

Zuerst hatte Martha ihm nur vorhalten wollen, was sie von Alexander erfahren hatte und was eine Verwicklung von Wegners jüngerem Sohn in einen rechtsradikalen Anschlag höchst unwahrscheinlich machte, aber dann hatte sie entschlossen, zu bluffen und einfach zu behaupten: »Nicht Richard ist in diese Brunnenvergiftergeschichte verwickelt, sondern du selbst bist das. Bitte streit's nicht ab, ich hab Beweise dafür!«

Sie fuhren jetzt auf einen kleinen, um eine Kirche versammelten Haufen von Häusern zu, Martha achtete nicht auf die Ortstafel, und Wegner sagte einfach: »Ja, du hast recht.«

»Warum, Gernot, sag mir warum!«

Als Wegner aber zu einer Erklärung ansetzen wollte, schrie sie ihn an: »Nein, halt den Mund, halt bitte um Gottes Willen den Mund und laß mich aussteigen!«

Wegner fuhr unbeirrt weiter auf die kleine Ortschaft zu und sagte: »Wenn du zu irgendwem ein einziges Wort darüber sagst, bin ich erledigt. Du hast mich jetzt in der Hand, Martha ...«

»Du sollst stehenbleiben und mich aussteigen lassen!« Sie griff ihm ins Lenkrad, und er stieß sie zurück, blieb dann aber stehen, noch ehe sie das erste Haus des Dorfes erreicht hatten.

»Ich sag zu niemandem ein Wort, ich schwör's dir«, sagte Martha, »aber laß dich nie wieder bei mir blicken! Nie wieder! Verstehst du mich, sonst ...!« Sie stieg aus.

Wegner schien weiterfahren zu wollen, aber nach einigen Metern blieb er am Straßenrand noch einmal stehen, stieg nun gleichfalls aus und kam auf Martha zu.

Im Garten des ersten Hauses sah man den Rücken einer alten Frau über einem Gemüsebeet, jetzt richtete sie sich auf, ein Büschel frisch gepflückter Petersilie in der Hand, und blickte zu Martha und Wegner und dem großen Wagen herüber.

»Martha, ich weiß, das muß ein Schock für dich sein«, sagte Wegner, »aber es ist alles ganz anders, als du denkst. Ich schwör dir bei allem, was mir heilig ist, daß nie auch nur die geringste Gefahr bestanden hat, daß ein Mensch zu Schaden kommen könnte. Laß mich wenigstens versuchen, es dir zu erklären ...«

Martha fiel ihm ins Wort: »Sag kein Wort mehr!« Ihre Stimme war sehr ruhig. »Kein Wort mehr! Und berühr mich ja nicht! Wenn du das tust, fang ich an zu schreien. Ich schrei das ganze Dorf zusammen, und ich schrei allen entgegen, was ich weiß über dich. Fahr endlich! Ich sag niemandem was, ich hab's dir versprochen, aber das Versprechen gilt nur, wenn du mich nie wieder anredest und dich nie wieder blicken läßt. Verschwinde endlich!«

Und Wegner schien zu wissen, daß sie es ernst meinte, er ging, die Miene des tragisch Unverstandenen zur Schau tragend, tatsächlich zum Auto zurück, stieg ein und fuhr los.

»Grüß Gott!«, sagte die alte Frau, als Martha an ihrem Garten vorbeiging, und Martha grüßte zurück. Zweihundert Meter weiter, mitten im Dorf, fand sie ein Gasthaus, gleich neben der Kirche.

Dann saß sie vor einer Tasse Kaffee, an der Theke standen zwei Bauern, die zu überlegen schienen, wie sie die fremde Frau ansprechen konnten, und Martha war entschlossen, zur Gendarmerie oder in Wien zur Polizei zu gehen und Wegner anzuzeigen.

Aber erst mußte sie von hier wegkommen, sie fragte den Wirt, der sich zu den beiden Bauern gesellt hatte, nach einem Telefon, sie hoffte, es würde eine Zelle geben, aber der Wirt griff nach unten, holte einen Apparat hervor und stellte ihn auf die Theke.

Sie konnte – Wie klein die Auswahl ist! dachte sie – Rena anrufen oder Beranek oder Alexander und entschied sich dann für Beranek.

Ob er sie abholen könne? Sie mußte sich vom Wirt den Namen des Dorfes sagen lassen. »Ja, ich sitz hier im Wirtshaus. Es gibt, glaub ich nur das eine.« Der Wirt und die beiden Bauern nickten eifrig, und Martha sagte: »Es ist sehr wichtig, sonst hätte ich dich nicht angerufen. Ich erklär dir alles später. Laß dir ruhig Zeit. Danke.«

Den drei Männern mußte das alles sonderbar genug vorkommen: Eine fremde Frau in ihrer Gaststube, und sie wußte offenbar nicht, wo sie eigentlich war. Martha entschied sich, keine Erklärung für sie zu erfinden.

Der Wirt fragte: »Können wir Ihnen irgendwie helfen?« Aber Martha lächelte ihn an, sagte »Danke! Vielen Dank! Alles in Ordnung!« und kehrte zu ihrer Kaffeetasse zurück.

Beranek kam erst nach einer Dreiviertelstunde, Martha hatte inzwischen ein Viertel Wein getrunken, ein paar Versuche, sie in ein Gespräch zu ziehen, abgewehrt, und ihre Entschlossenheit, Wegner anzuzeigen, war geschwunden. Ihre Wut, die sie nicht verlassen hatte, seit sie gestern nachmittag mit Alexander telefoniert hatte, war einer seltsamen Verblüffung gewichen.

»Ich versteh die Welt nicht mehr, man sagt das manchmal so, aber jetzt ist genau das passiert«, sagte sie, als sie schon bei Beranek im Auto saß.

Er schien darauf zu warten, daß sie sich näher erklärte, drinnen in der Gaststube hatte sie ihm nur gesagt, daß sie endgültig mit Wegner gebrochen habe und dummerweise eben hier am Arsch der Welt, weshalb sie seine, Beraneks, Hilfe in Anspruch nehme. »Worum geht's?« fragte er jetzt.

»Wie er denkt«, sagte Martha, »das ist ... Ich weiß nicht recht, wie ich's nennen soll. Daß man über irgendwas verschiedener Meinung sein kann, das ist ganz klar, ganz normal, aber seine Art des Denkens, für mich ist das überhaupt nicht nachvollziehbar.«

»Diese Erkenntnis dämmert dir erst nach acht Jahren, seh ich das richtig?« fragte Beranek.

Sie kamen an eine Kreuzung mit etlichen Wegweisern, und Martha sagte: »Fährst du mich bitte, wenn's dir nichts ausmacht, nach Wien. Ich möcht jetzt nicht nach Hause, ich möcht ... ich werd meinen Vater besuchen.«

»Ich bring dich hin«, schlug Beranek vor, aber Martha sagte: »Unsinn, das sind hundert Kilometer, ich nehm von Wien aus die Schnellbahn.«

»Willst du drüber reden, was passiert ist?« fragte Beranek ein wenig später.

»Nein, sei mir bitte nicht bös«, sagte Martha. »Aber mich interessiert ... Kann das sein, daß die Art, wie Wegner denkt und wie seine Freunde denken, daß das so eine Art Geisteskrankheit ist?«

»Wenn's eine ist, dann sind mehr von ihr befallen, als man denkt«, sagte Beranek. »Und sie ist gefährlicher, als man denkt, weil's, wenn du im medizinischen Bild bleiben willst, eine ansteckende Krankheit ist, ein paar haben sie, aber viel viel mehr sind schon infiziert, und bei denen kann sie jederzeit ausbrechen.«

Er vergewisserte sich durch einen raschen Blick, ob er erraten hatte, worüber Martha reden wollte, und führte dann aus, daß es seiner Meinung und seiner Erfahrung nach zwei absolut unterschiedliche Arten des Denkens gebe, deren eine er die autoritäre nenne, deren andere man als die demokratische oder solidarische bezeichnen könnte. Die einen glaubten, daß es immer ein Oben und Unten geben müsse, Führer und Geführte, und die anderen seien der Ansicht, daß die zweifellos vorhandenen, biologisch determinierten, historisch gewachsenen und ökonomisch bedingten Unterschiede zwischen den Menschen eher gemildert und abgeschwächt werden sollten, daß die Menschen einander – naja, eben: – solidarisch begegnen und einander das Leben so leicht und angenehm wie möglich machen sollten.

Wie jemand zur einen oder anderen Denkweise käme, sei nicht leicht zu klären, die Prägung durch ein Elternhaus etwa, die Sozialisation überhaupt spiele zweifellos eine Rolle, aber nicht nur. Das Interessante, das Interessanteste vielleicht an dieser ganzen großen Frage sei, daß die einen die anderen und umgekehrt die anderen die einen nicht von der Richtigkeit der eigenen Ansichten überzeugen, daß die einen wie die anderen nicht verstehen könnten, wie jemand so ganz anders als sie selbst und damit so falsch denken könne.

Wobei allerdings festzuhalten sei, daß bei sehr vielen Menschen die solidarisch-demokratische Denkvariante nur angelernt sei: *So* habe am Ende des zweiten Jahrtausends eben zu denken, wer nicht inhuman und reaktionär genannt werden wolle, und dem unterwürfen sich halt viele, und eben diese Bereitschaft sich zu unterwerfen deute ja schon darauf hin, daß sie eigentlich zur anderen Gruppe gehörten, zu der sie sich denn auch sofort bekennen würden, sobald der Wind sich drehe und autoritäres Denken wieder salonfähig werde.

»Das demokratische, das solidarische Denken ist nämlich, so sieht's aus, eine Schönwettererscheinung, beim Herannahen einer Schlechtwetterfront fällt es in sich zusammen, dann setzt sich das Konkurrenzdenken wieder durch und das Herrschaftsdenken, die Verteilungskämpfe setzen wieder ein, vor allem dann, wenn der Kuchen, der verteilt werden kann, kleiner wird. Demokratie in härteren Zeiten scheint für viele einfach zu schwierig zu sein, sie überfordert die Leute, also sehnen sich die einen gleich wieder nach dem Geführtwerden, und die anderen nach der Führung. Und da stellt sich einem natürlich eine höchst unangenehme Frage: Wie wichtig ist den Leuten die Demokratie überhaupt? Denn falls sie ihnen, wie so oft behauptet wird, so wichtig ist, muß man doch fragen: Warum verteidigt sie dann keiner?«

Martha dachte über all das noch nach, als sie schon in der Schnellbahn saß. Ihr erschien, was Beranek gesagt hatte, sehr logisch, und es erklärte, begriff sie jetzt, doch nichts.

Sie saß allein im Waggon, und die Landschaft draußen, die Landschaft ihrer Kindheit, war ihr vertraut und fremd zugleich, und das kam ihr, als sie es dachte, banal vor, wie hätte es denn anders sein können? Es schien ihr auf einmal, als verdiene die Gegend den Namen Weinviertel kaum noch, vom Zug aus sah sie mehr Äcker als Weingärten, zu Beginn jedenfalls, erst weiter im Norden zog sich dann immer öfter das Linienmuster der Rebstockreihen über die flachen Hügel hin.

Noch konnte sie wie zu Studienzeiten die Reihenfolge aller Bahnstationen von Wien weg auswendig hersagen und wußte, daß sie, wenn sie sofort nach dem Halten des Zuges aussteigen wollte, aufstehen mußte, wenn die beiden Lagerhaus-Silos im Rechteck des Fensters erschienen.

Dann stand sie auf dem kleinen Bahnhof, und den Weg, der vor ihr lag, war sie acht Jahre lang zweimal am Tag gegangen, als sie in Hollabrunn das Gymnasium besucht hatte, am weidenüberwucherten Bach entlang, an der buckligen, immer neu mit Kalk getünchten Wand vorbei, hinter der früher einmal die Geräusche einer Spenglerei zu hören gewesen waren, dann die Hauptstraße hinunter, am pompösen Kriegerdenkmal vorbei.

»Tapfer und frei / der Heimat treu!« stand auf dem adlergekrönten Granitobelisken zu lesen und auf dem Sockel »Euer Opfer / unsere Verpflichtung / haltet Frieden!« Wie viele Kriegerdenkmäler es hier in den Dörfern entlang der tschechischen Grenze gab! Nicht versteckt auf Friedhöfen oder an Kirchenmauern, sondern alle mitten in den Ortschaften.

Wieso sie unangemeldet und ohne Auto und ohne Gepäck gekommen sei, auf diese Frage mußte Martha rasch noch eine Antwort finden, und sie dachte jetzt, daß sie nicht hätte herkommen sollen.

Sie wußte, daß Wegner vor ihrer Haustür auf sie warten würde, sie wußte, daß er jede halbe Stunde bei ihr anrufen würde. Aber statt hierher zu fahren hätte sie ebensogut in Wien bleiben können, nicht bei Alexander, das war, ohne daß es richtig begonnen hätte, vorbei, hatte den Zauber nicht zuletzt dadurch verloren, daß Martha ihn gebeten hatte, sich über Wegners Sohn zu informieren. Aber sie hätte sich in Wien einfach fürs Wochenende ein Zimmer nehmen können …

Sie wußte, wie es sein würde, wenn sie jetzt in das kleine Haus in der Feldgasse ging. Horst, ihr vierzehn Jahre älterer Bruder, der den Hof übernommen hatte, würde irgendwo draußen in den Weingärten oder im Keller sein, Elfi, Marthas Schwägerin, würde in der Küche stehen oder vielleicht, hier regnete es nicht, hinten im Garten. Die drei Kinder waren heute am Samstagnachmittag vermutlich im Kino, oder nein, es gab ja seit Jahren schon kein Kino mehr im Dorf, und Martha wußte auch nicht, ob ins Kino zu gehen heute noch zu den Samstagnachmittagsvergnügungen der Halbwüchsigen gehörte.

Marthas Vater, jetzt fast neunzigjährig, würde sitzen, wo er immer saß, seit er vor drei Jahren, kurz nach dem Tod der Mutter, erblindet war, auf einem Stuhl in der Küche zwischen dem Herd und der Tür, die zur Speisekammer führte. Und er würde diese eine Geschichte erzählen, die er immer erzählte, seit er nun blind war, sonst sprach er nicht mehr, fragte nichts, gab keine Antworten, wenn man ihn fragte, nur diese eine Geschichte erzählte er, wie er im russischen Winter als Feldwebel anstelle eines Leutnants, der gefallen war, einen Trupp von zehn Mann hatte kommandieren und eine Nacht lang durch Schnee und Eis führen müssen, wie einer nach dem anderen, erschöpft und ausgehungert, hatte schlappmachen wollen, er aber, der Feldwebel Dressler, ihn mit vorgehaltener Maschinenpistole oder auch mit Fußtritten gezwungen hatte, weiterzumarschieren durch Schnee und Eis und Nacht, und wie er allen zehn Männern durch seine kompromißlose und sogar brutale Härte das Leben gerettet hätte.

Immer seltener erzählte er die Geschichte von Anfang bis zum Ende, immer öfter fing er irgendwo mittendrin an und hörte irgendwo wieder auf. In seinem Kopf schien nur mehr diese eine Geschichte zu existieren, und Martha würde sie, wenn sie bis morgen abend bleiben sollte, wie sie es geplant hatte, zehn oder zwanzig oder dreißig Mal hören.

Heute abend würden Horst und Elfi sie zu einem Heurigen in der Umgebung einladen. Elfi beneidete ihre Schwägerin Martha, weil sie schlank war und keine Kinder hatte und nicht den ganzen Tag in Weingarten, Küche oder Stall stehen mußte, und den ganzen Abend lang würde Elfi von Kleidern reden, die sie in Wien gesehen hatte und die ihr leider nicht paßten und die zu tragen sie hier auf dem Land ja auch gar keine Gelegenheit hätte, und Martha würde sich an diesem Abend und morgen dann so fremd fühlen wie sonst nirgends auf der Welt.

Dennoch ging sie, ihr fiel sonst nichts ein, die Hauptstraße hinunter und bog hinterm Haus, wo einmal eine Trafik gewesen war, in die Feldgasse ein.

Wir müssen einmal auf einen grünen Zweig kommen«, sagt der Major und blättert in seinen Notizen, »fassen wir zusammen, was wir haben: Da gibt es also eine rechtsradikale Verschwörung, an der beteiligt sind: Ihr früherer Geliebter Gernot Wegner, Apotheker von Beruf, ferner die Herren Lederer, Hladek, Grossmann, Greinthaler und dann noch ein Herr Wischnewski, seines Zeichens hoher Beamter im Innenministerium. Und von diesen Herren, die man gemeinhin als angesehen und respektabel bezeichnen würde, sind Sie zum Tode verurteilt worden ... Oder, nein, ich seh da ... Nur von dreien, und es war eine Kampfabstimmung, oder? Zwei zu eins gegen Sie. Und jetzt lauert irgendwo draußen in der Nacht ein gedungener Mörder auf Sie ...«

Martha unterbricht ihn: »So wie Sie das sagen, klingt das einfach idiotisch!«

»Ich versuche, den harten Kern Ihrer Aussage herauszuschälen«, sagt der Major. »Den Grund dafür, daß man Sie umbringen will, sehen Sie darin, daß Sie den genannten Männern insofern auf die Schliche gekommen sind, als Sie ...«

»Bitte hören Sie auf!«

»Frau Dressler!« Jetzt ist alle Freundlichkeit aus der Stimme des Majors verschwunden. »Frau Dressler, geben Sie mir irgendeinen Beweis! Sie sagen, Herr Wegner hat Ihnen gegenüber eine geplante oder, was weiß ich, sogar durchgeführte Brunnenvergifter-Aktion zugegeben, von der aber außer Ihnen niemand was weiß. Sie sagen, Herr Wegner habe Sie vor dem geplanten Anschlag auf Ihr Leben gewarnt, sogar schriftlich, aber den Zettel gibt's leider nicht mehr. Frau Dressler, sagen Sie mir bitte, was ich Ihrer Meinung nach mit Ihren Aussagen anfangen soll! Keine Beweise, na gut, dann probieren wir, ob wir nicht vielleicht Geständnisse kriegen können: Soll ich mir die genannten Herren holen lassen und sie einem scharfen Verhör unterziehen. Das ist ja allgemein bekannt und man kann's in jedem Schmierblatt nachlesen, daß wir von der Polizei auch vor der Folter nicht zurückschrecken.

Also muß es mir doch wohl gelingen, diese Herren dazu zu bringen, alles zu gestehen. Haben Sie sich das so vorgestellt, Frau Dressler, oder wie sonst?«

»Es gibt einen Beweis!« sagt Martha. Sie hebt ihre Handtasche vom Boden auf, holt ein Kuvert heraus, es ist voll Banknoten. »Da! Das hat Wegner mir gegeben, es sind hunderttausend Schilling … Damit ich verschwinden kann.«

»Wer sagt mir«, fragt der Major, »daß das Geld von Herrn Wegner ist? Vielleicht haben Sie es von Ihrem eigenen Konto abgehoben oder von einem Sparbuch.«

»Das müßten Sie doch überprüfen können!«

»Oder es stammt wirklich von Herrn Wegner, er hat es Ihnen vielleicht … Die Affäre mit ihm ist doch zu Ende, nicht wahr? Er hat Ihnen das Geld vielleicht als – wie sagt man? – eine Art Abfindung gegeben …«

23

Wieder saßen Hladek und Grossmann schon am schweren, klobig gezimmerten Plankentisch, als Wegner am Sonntag, dem zweiten Juni, gegen halb elf das Jagdhaus am See betrat.

Er hätte früher kommen müssen!, schoß es ihm durch den Kopf. Er hätte den beiden keine Gelegenheit geben dürfen, sich gegen ihn zu verabreden!

Er wäre tatsächlich auch früher gekommen, wäre ihm nicht kurz vor Korneuburg eingefallen, daß Martha jetzt wohl schon wieder zu Hause sein mußte. Er hatte ohne große Hoffnung versucht, sie vom Autotelefon aus anzurufen, war dann noch einmal zurückgefahren. Ihren Wagen hatte er noch auf dem gleichen Platz wie gestern nachmittag gesehen. Er hatte an ihrer Wohnungstür geläutet, dagegen geschlagen, daran gehorcht und damit eine Dreiviertelstunde Zeit verloren. Gestern hatte er den ganzen Abend lang nach ihr gesucht, im Halbstundentakt bei ihr angerufen, dreimal war er in die Golfplatzstraße gefahren, um nach den Fenstern zu sehen, die aber finster geblieben waren. Er hatte sogar überlegt, in das Dorf zurückzufahren, in dem sie ausgestiegen war, um sich nach ihr zu erkundigen, auch mit dem Gedanken eines Anrufes bei ihrer Freundin Rena oder bei diesem Beranek hatte er gespielt ...

»Da wir nun vollzählig sind«, sagte Hladek jetzt, »könnten wir uns den ernsten Dingen des Lebens zuwenden, und es sind, wie wir wissen, diesmal wirklich ernste Dinge, vorher aber nehmen wir noch einen Schluck.« Er holte die Schnapsflasche aus dem Bauernschrank.

»Ihr habt von diesem Anschlag auf ein Polizeiwachzimmer gehört?« fragte Wegner, und die beiden anderen hatten natürlich davon gehört. »Ich weiß aus zuverlässiger Quelle«, erzählte Wegner, »daß das keineswegs ein linker Anschlag war.«

»Genau das hab ich mir gedacht«, sagte Grossmann und zog an der Zigarette zwischen den Fingerkrallen. »So saumselig wie die Linken waren in den letzten Jahren, hätt mich das doch sehr gewundert, wenn sie sich jetzt auf einmal zu so was aufgerafft hätten.«

»Die Täter kommen, nach allem was ich weiß, aus der Polizei«, sagte Wegner. »Die haben zwei Fliegen mit einer Klappe geschlagen. Die vier Polizisten, die jetzt tot sind, sollen als – wie sagt man's? – ziemlich liberal gegolten haben, ausländerfreundlich, mit jedem Sandler auf du und du, und zwei davon sollen in der Personalvertretung heftig gegen die AUF aufgetreten sein, dafür hat man ihnen jetzt die Rechnung präsentiert. Da der Anschlag auf sie aber nachweisbar von linken Chaoten verübt wurde, wird die ganze Polizei schon aus Solidaritätsgründen ein Stückchen nach rechts rücken.«

»Saubere Arbeit«, lobte Hladek, »man kann nicht meckern.« Er schenkte die Gläser voll, und sie tranken auf die Gesinnungsfreunde in der Exekutive.

»Diese Aktion«, sagte Wegner dann, »hat natürlich auch Auswirkungen auf unsere Pläne ...«

»Inwiefern?« fragte Grossmann, schaute zu Hladek hinüber, und in diesem Augenblick war Wegner ganz sicher, daß die beiden sich schon darüber abgesprochen hatten, wie weiter vorzugehen sei.

»Ganz Österreich ist vor Empörung über dieses feige Attentat auf brave Polizisten aus dem Häusl«, Wegner versuchte all seine Überzeugungskraft aufzubieten. »Wenn ihr die Zeitungen genau gelesen habt, dann werdet ihr zugeben, daß durch diese Aktion unsere Sache weitergebracht wurde wie durch keine Aktion vorher. Alle schreiben vom Beginn einer neuen linken Terrorwelle. Und Journalisten, die bisher bestimmt nicht auf unserer Seite waren, schreien auf einmal nach drakonischen Gegenmaßnahmen. Man wird alles jagen, was sich links deklariert, und wer der Polizei in die Hände fällt, der wird nicht grad zimperlich behandelt werden ...«

Grossmann unterbrach ihn: »Alles klar, alles ganz hervorragend. Aber was hat das mit unserer Aktion zu tun?«

Wegner sagte so entschieden wie nur möglich: »Ein Giftanschlag, den die Öffentlichkeit als Terroranschlag von rechts bezeichnen wird, würde das alles konterkarieren, das würde den Erfolg unserer Kollegen von der Polizei mit einem Schlag zunichte machen.«

»Seh ich gar nicht so«, sagte Grossmann, und Hladek nickte ihm zu. »Terror von links, Terror von rechts, die braven Österreicher werden nicht wissen, wovor sie sich mehr fürchten sollen, sie werden aus dem Fürchten gar nicht mehr herauskommen, und der Staat wird immer hilfloser dastehen. War's das nicht, was wir mit unserer Aktion ursprünglich bezwecken wollten, den Staat, genauer gesagt, die Demokratie in ihrer Hilflosigkeit zu entlarven, damit den Staat zu destabilisieren?«

Hladek meldete sich nun zu Wort: »Mir gefällt der Zorn der Österreicher auf die Linken schon ganz gut. Vielleicht sollten wir unsern Giftanschlag als eine Aktion der Linken tarnen ...?«

Damit war für Wegner klar, daß die beiden anderen zur letzten Konsequenz entschlossen waren. »Wie, bitte, soll das gehen?« fragte er Hladek. »Deine Briefe gibt's ja, auch wenn sie totgeschwiegen werden, sind sie da, und darin ist von einem Giftanschlag die Rede ...«

Hladek zuckte nur die Achseln: »Du hast recht, daran hab ich nicht gedacht.«

Grossmann meinte, er sei aus prinzipiellen Gründen dagegen, sich hinter den Scheißlinken zu verstecken: »Wenn wir uns zur finalen Aktion entschließen, dann sollten wir uns auch dazu bekennen.«

Jetzt von unschuldigen Menschenleben zu reden, Wegner wußte es, hätte nicht den geringsten Sinn gehabt, und er wußte auf einmal nicht mehr weiter.

Auch das Argument, daß die Gefahr für sie selbst exponentiell steigen würde, sobald es Tote gab, würde nicht mehr ziehen, sie hatten es am Donnerstag im Park schon einfach beiseite gewischt.

Die Entscheidung schien gefallen. Grossmanns Meinung war von Anfang an klar gewesen, aber von Hladek hatte Wegner sich erhofft, daß er nach einigem Zögern und einigen großen Worten schließlich doch für ein Ende ihrer Aktion plädieren würde.

Grossmann hatte von allen dreien am wenigsten zu verlieren, er lebte allein. Kinder hatte er nie gehabt, und seine Frau hatte er vor fünf Jahren, nachdem sie ihm gestanden hatte, ihn betrogen zu haben, aus dem Haus gejagt, zuvor hatte er sie, wie er manchmal erzählte, eine halbe Stunde mit einem nassen Handtuch, das keine Striemen hinterlassen hätte, geprügelt, danach alle ihre Kleider zerrissen und zerschnitten, alles, was je von seinem Geld, wie er sagte, gekauft worden sei, hatte er vernichtet, und sie dann einfach davongejagt.

Hladek aber hatte genau wie Wegner eine Familie, drei Töchter hatte er und liebte sie, die würde er, das mußte Wegner ihm doch klarmachen können, aufs äußerste gefährden, wenn sie wirklich taten, worüber sie so oft gesprochen hatten.

Also fing Wegner noch einmal davon zu reden an, daß ein paar hundert völlig unschuldig zu Tode gekommene Menschen noch mehr Empörung auslösen würden als die vier Polizisten und daß die Exekutive alles unternehmen mußte, den Giftanschlag aufzuklären, und daß sie mit Wischnewskis Unterstützung nicht mehr rechnen konnten und daß …

»Ein Restrisiko bleibt immer«, sagte Hladek nur, »aber es bleibt in vertretbarer Größe.« Wie mochte Grossmann ihn nur überredet haben?

Da sagte Wegner: »Ihr habt Martha vergessen. Ich geb's zu, dieses Problem ist durch meine Schuld entstanden. Und es ist«, er kam nun fast ins Stottern, »eigentlich auch gar kein Problem. Wenigstens nicht im Augenblick. Das kann ich euch garantieren, daß sie den Mund hält, solange … Aber wenn sie von ein paar hundert, vielleicht ein paar tausend Toten hört, dann ... Sie ist eine Frau. Und vor allem fehlt ihr ... Sie kann das nicht so sehen wie wir, daß nämlich manchmal für eine große Idee auch Opfer gebracht werden müssen. Versteht ihr, sie wird nur einen Haufen toter Menschen sehen, und ich weiß nicht, wie ich sie dann daran hindern soll ...«

»Das ist allerdings wirklich ein Problem«, meinte Grossmann nachdenklich. »Das müssen wir gelöst haben, bevor wir an die finale Aktion gehen.«

»Wie willst du das lösen?« schrie Wegner.

»Man muß dafür sorgen, daß sie, wenn es so weit ist, nichts mehr verraten kann.«

»Willst du sie umbringen?«

»Ich nicht. Das wäre ziemlich dumm. Aber liquidiert muß sie werden, oder sieht einer von euch eine andere Möglichkeit?«

Es ist einer von seinen makabren Scherzen, dachte Wegner.

Aber Hladek sagte: »Wir sollten auf jeden Fall gründlich darüber nachdenken, ob es nicht doch eine andere Möglichkeit gibt.«

Es müsse, führte Grossmann aus, wenn es denn notwendig sei, organisiert werden wie andere Aktionen auch. Er werde es notfalls übernehmen, über seinen Kontaktmann einen entsprechenden Auftrag auf den Weg zu schicken, und sei überzeugt davon, daß irgendeiner in der ganzen großen Organisation bereit sein werde, ihn auch auszuführen.

»Hör auf!« schrie Wegner. »Ich hör mir das nicht länger an! Du glaubst doch nicht, daß ich da einfach zuschauen würde, oder?«

»Was kannst du dagegen unternehmen?« fragte Grossmann. »Wenn du deine Martha warnst, was hilft ihr das? Es würde sie, da jeder, der ihr auf der Straße begegnet, der sein kann, der den Auftrag hat, sie zu liquidieren, nicht schützen, wenn sie weiß, daß einer diesen Auftrag hat. Auch du kennst diesen Mann nicht, also könntest auch du sie nicht schützen. Was würde deine Martha also tun? Sie würde zur Polizei gehen. Das wäre peinlich für uns, aber vor allem auch für dich. Sie müßte den Polizisten ja was erzählen, und dann wärst du dran wie wir alle. Das ist nach den Maßstäben dieses Staates immerhin ein schwerwiegendes Verbrechen, in das du jetzt schon verwickelt bist. Du würdest, wie wir alle drei, womöglich den Rest deines Lebens im Häfen verbringen.«

Wegner griff nach dem Ärmel von Hladeks Jagdrock und zerrte daran: »Sag was! Sag dem Idioten, er soll das Maul halten!«

»Gernot!« sagte Hladek. »So unrecht hat er nicht. Martha ist eine Gefahr für uns. So oder so. Und wir sollten uns dieser Gefahr entledigen, solange es noch Zeit ist.«

Draußen vor dem Fenster strich eine Schar Wildenten über den See.

Wegner spürte auf einmal, daß sein Hemd schweißnaß war, und wahrscheinlich zitterte er. »Uns ist klar«, hörte er Hladek sagen, »daß das keine einfache Sache für dich ist. Aber du hast uns, wie du ja selber sagt, auch selber in dieses Schlamassel gebracht. Emotionen müssen jetzt zurückstehen, so bitter das auch sein mag ...«

»Ihr Idioten!« jetzt schrie Wegner wieder. »Glaubt ihr wirklich, daß man einen Mord begehen kann, ohne daß man früher oder später belangt wird dafür!«

»Natürlich kann man«, sagte Grossmann, »wenn man so organisiert ist, wie wir organisiert sind. Der, der's tut, weiß nicht, in wessen Auftrag er's tut, und er hat keinerlei Motiv, zwischen Opfer und Täter gibt es keinerlei Beziehung. Wenn er sich nicht grad mit rauchendem Revolver erwischen läßt, wird er nie gefaßt, kann er gar nicht gefaßt werden.«

Auf Zeitgewinn setzen! Womit Grossmann auch immer Hladek auf sich eingeschworen hatte, mit welchen Argumenten er ihn auch überzeugt haben mochte, Wegner konnte sie widerlegen, er konnte dieses abgekartete Spiel unterlaufen, wenn er nur Zeit genug hatte, wenn er nur lange genug allein mit Hladek reden konnte. Eben das allerdings mußte Grossmann wissen, und er würde Wegner keine Zeit geben. Was sonst aber blieb ihm noch?

Plötzlich war Marthas Verschwinden Wegners einzige Hoffnung. Er hatte sie gesucht und nicht gefunden, vielleicht war sie für immer verschwunden. Daran klammerte er sich jetzt. Was ihn seit gestern nachmittag beunruhigte, daß nämlich Martha wie vom Erdboden verschluckt schien, war plötzlich seine Zuversicht. Möchten diese beiden Idioten, phantasierte er, beschließen, was sie wollten, Martha würde einfach nicht auffindbar, für immer verschwunden sein.

Aber natürlich wußte er, daß sie morgen wieder in der Schule zu finden sein würde.

Hladek holte ein Schachspiel aus dem Bauernschrank, ein Kästchen, das auseinandergeklappt das Schachbrett ergab und im Innern die Figuren aufbewahrte.

Wegner war versucht, laut aufzulachen, was wollte Hladek jetzt mit einem Schachspiel? Wegner sah ihm zu, wie er das Kästchen öffnete und alle Bauern heraussuchte.

»Wir stimmen ab!« sagte Hladek und holte aus der Küche nebenan einen Sektkübel. »Wer dafür ist, daß wir die Gefahr, die uns droht, eliminieren, der wirft einen weißen Bauern hier hinein, wer dagegen ist, einen schwarzen.«

Da brach Wegner in hysterisches Lachen aus, er wollte sagen »Ihr seid wahnsinnig! Ihr spinnt ja! Ihr glaubt doch nicht, daß ich bei diesem Affentheater mitmach!«, aber er mußte es wiederholen, weil die anderen ihn beim ersten Mal nicht verstanden hatten.

»Wir stimmen natürlich geheim ab«, sagte Hladek, »das heißt, die anderen gehen raus. Gernot, du fängst an!«

Aber Wegner lachte noch einmal auf und rannte dann zur Tür hinaus. Er sah seinen Wagen und dachte an die beiden Flinten, die im Kofferraum lagen …

Da stand Hladek hinter ihm und sagte: »Grossmann fängt an.«

»Hört auf damit!« stammelte Wegner. »Hört endlich auf damit.«

»Es gibt keine andere Möglichkeit«, sagte Hladek ganz ruhig. »Was die Dressler wirklich über uns weiß, kannst nur du sagen, Gernot, aber nach dem zu schließen, was ich beim Pühringer von ihr gehört hab, weiß sie genug. Das ist dir doch selber klar, daß sie in jedem Fall eine Gefahr für uns ist. Gernot, vielleicht hält sie jetzt wirklich den Mund, aber was ist, wenn sie aus irgendeinem Grund eine Wut auf dich hat? Wir können uns nicht vom Harmoniepegel eurer Beziehung abhängig machen. Die Dressler ist eine Zeitbombe, die müssen wir entschärfen.«

Grossmann war längst aus dem Haus gekommen, hatte zugehört, und als Hladek jetzt hineinging, sagte Grossmann zu Wegner: »Das richtet sich nicht gegen dich, bestimmt nicht. Aber was getan werden muß, muß getan werden.«

Schon war Hladek wieder da und nickte Wegner zu, und der ging tatsächlich ins Haus. Er würde mitspielen, aber ja, den Gefallen würde er ihnen schon tun und dann ... Er nahm einen schwarzen Bauern, warf ihn in den Sektkübel, trat wieder vors Haus, und gemeinsam gingen sie zurück in die Stube.

Hladek räumte die übriggebliebenen Bauern zur Seite und leerte den Inhalt des Kübels auf die blanke, fast weißgescheuerte Tischplatte: zwei weiße Figuren, eine schwarze.

»Gut«, sagte Wegner nach einer Weile, »ihr habt euren Spaß gehabt, ihr habt mich zur Sau gemacht, na gut, vielleicht hab ich's verdient. Aber jetzt Schluß damit! Wir lachen drüber, dann lassen wir's gut sein.«

Aber die beiden anderen lachten nicht.

24

Daß in Doktor Plotteckers Ordination sogar am Sonntagabend Licht brannte, war nicht ungewöhnlich, für seine Freunde stand er, das wußte man in der ganzen Nachbarschaft, immer zur Verfügung.

Grossmann reichte ihm – sie saßen im Wartezimmer und tranken Cognac – ein verschlossenes Kuvert, darin finde sich, sagte er, eine genaue Personenbeschreibung sowie ein paar vielleicht nützliche Angaben über Lebensgewohnheiten und dergleichen. »Meinst du, daß sich auch für so eine Aufgabe jemand finden läßt?«

»Davon bin ich überzeugt«, sagte Plottecker.

Ihm liege viel daran, sagte Grossmann, daß der Auftrag schnell erledigt werde, nicht nur, weil die betreffende Person ein reales Sicherheitsrisiko darstelle, sondern auch um ihren Freund vor vollendete Tatsachen zu stellen.

»Er wird morgen zu mir kommen und flennen und winseln, er wird auch unseren dritten Mann entsprechend bearbeiten, und der wird ihm, wie ich ihn kenne, sagen, daß er's ja gar nicht so ernst gemeint hat, sondern, was weiß ich, nur als Warnung … Weißt du, ich fühl mich selber wohler, wenn ich sagen kann, daß das alles nicht mehr in meiner Hand liegt. Ich kann auch nicht garantieren, daß er mir nicht leid tut, und dann ist's besser, wenn ich das, auch wenn ich's wollte, selber nicht mehr stoppen kann. Und wenn's dann geschehen ist, wird er sich damit abfinden und einsehen, daß es hat sein müssen.«

Plottecker versprach, den üblichen Weg diesmal ein wenig abzukürzen, es zumindest zu versuchen.

Über das Ausschalten einer Gefahr hinaus, sagte Grossmann, sei diese Aktion ihm auch vom Grundsätzlichen her sehr wichtig: Etwas Unwiderrufliches sollte geschehen, und es würde seine kleine Gruppe auf immer verschweißen, danach würde nichts mehr wie früher sein. Er sehe, sagte Grossmann und hätte das niemandem sonst als Doktor Plottecker gesagt, eine beinahe sakrale Dimension in diesem Mord. Er scheue durchaus nicht davor zurück, dieses Wort auszusprechen. Am Anfang von etwas ganz Neuem stehe immer ein Mord, der die Mörder auf Gedeih und Verderb aneinanderschmiede. Der gemeinsame Mord als Zeichen eines mit Blut besiegelten und daher unauflöslichen Bündnisses. Eine neue Radikalität im Denken wie im Handeln werde nun Platz greifen. Die letzten Reste humanitätsduseliger Skrupel würden damit beseitigt sein.

»Ach ja, diese so schwer ausrottbare Scheu vor dem Töten!« seufzte Plottecker. »Dieser fatale und sentimentale Irrglaube, ein Menschenleben an sich sei schon ein Wert!« Er selber habe schwer zu kämpfen damit. Seine Gruppe habe eben deshalb den Plan eines Bombenanschlages in einer U-Bahnstation nun endgültig fallen lassen. »Worüber ich, offen gestanden, nicht wirklich böse bin. Schon aus sozusagen ästhetischen Gründen, weil das ja doch nur eine phantasielose Nachahmung von etwas gewesen wäre, was die Franzosen doch schon sehr perfekt gemacht haben.« Originalität sei ihm schon auch wichtig, und originell sei nun der neue Plan, viel origineller jedenfalls; und weil ihm nicht sogenannte achtbare Bürger zum Opfer fallen würden, sondern nur Abschaum und Gesindel, seien Plotteckers Freunde bereit, ihre Tötungshemmung zu überwinden.

»Du erinnerst dich«, fragte Plottecker, »daß man beim Zoll in Spielfeld unlängst einmal eine gewaltige Menge Heroin in einem Lastwagen gefunden hat. Und da hab ich nun einen lieben Freund, der bei der Polizei arbeitet, der hat für mich zwei Kilo davon abgezweigt. Das ist aber kein gewöhnliches Heroin, wie's überall auf dem Markt ist, sondern sechzigprozentiges. Für den Verkauf hätte das erst noch gestreckt werden müssen, die Junkies sind zehnprozentiges gewöhnt. Kommt nun aber sechzigprozentiges zu den Dealern, ohne daß das jemand weiß, dann wird jeder Schuß, den einer sich setzt, zum garantiert letalen Goldenen Schuß.«

»Alle Achtung!« sagte Grossmann.

»Den tödlichen Stoff unter die Leute zu bringen, ohne daß jemand was davon merkt, das ist im Augenblick noch eine logistische Herausforderung, aber wir werden sie bewältigen. Und dann verschwinden Kreaturen vom Angesicht der Erde, die schon längst vertilgt hätten werden müssen. Eine hygienische Maßnahme, wenn du so willst, eine längst fällige Säuberung. Mit etwas Glück können wir hundert von denen kriegen, vielleicht sogar noch mehr. Und wir verschaffen ihnen – mehr kann man wirklich nicht von uns erwarten! – auch noch einen letzten Kick beim Abgang.«

»Alle Achtung!« sagte Grossmann noch einmal voll Bewunderung. »Das mit der U-Bahn wäre plumpe Nachahmung gewesen, aber das hat wirklich Stil.«

25

Beweis!« sagt Martha Dressler gereizt und plötzlich sehr müde. »Wenn ich jetzt aus dem Haus geh und werd erschossen, wär das ein Beweis für Sie?«

»Das wäre ein Beweis«, sagt der Major, »wenn auch nicht der, den ich mir wünsche. Oder nein, ein Beweis wäre auch das nicht unbedingt, aber ein starkes Indiz.«

Die gewohnten zwei Gymnastikstunden am Montag: Im Turnsaal des Gymnasiums hopste und wippte und dehnte sich und krümmte sich Alexanders hagere Mutter in einer Reihe mit Martha, danach beim Volleyball spielte sie in der gleichen Mannschaft, aber das »Wenn die wüßte!« bereitete kein Vergnügen mehr; es hatte Alexander nur in Verbindung mit Wegner geben können, eine Beziehung zu ihm ohne eine Beziehung zu Wegner war stumpf, vielleicht vulgär, jedenfalls ohne jeden Reiz.

Nein, sie komme nicht mehr mit zum Pühringer, sagte Martha, von Frau Lederer befragt, unter der Dusche. Sie werde heute sehr früh schlafen gehen.

Als Martha dann zwanzig Minuten später in der Golfplatzstraße die Haustür aufsperrte, stand plötzlich Wegner hinter ihr. Er faßte sie, ohne ein Wort, an den Schultern, stieß sie vor sich her über die schmale Grünflache vor dem Haus, dann ein paar Meter den Gehsteig entlang zu seinem Wagen, den Martha vorhin beim Einparken nicht bemerkt hatte, obwohl er doch auffällig genug war.

Martha konnte sich später nicht mehr daran erinnern, ob sie geschrien hatte dabei, aber sie wußte noch, daß sie an Entführung gedacht hatte und gleichzeitig: Warum sollte er mich entführen wollen?

Dann saß sie jedenfalls bei ihm im Auto, ganz genau erinnerte sie sich später an sein Gesicht, aber über die Feststellung hinaus, daß sie ihn so noch nie gesehen habe, hätte sie es nicht beschreiben können.

Er redete davon, daß Martha sofort verschwinden müsse, weg aus der Stadt, weg aus Österreich, so weit weg wie nur möglich. Ihr Leben sei in Gefahr. Er wollte es nicht erklären und tat es dann, in Ansätzen wenigstens, doch. Von einem Urteil sprach er, das gefällt worden sei und gewiß vollstreckt werde, wenn Martha sich nicht zur Flucht entschließe. Zwei zu eins sei die Entscheidung getroffen worden, er habe sie nicht verhindern können. Den ganzen heutigen Tag lang habe er versucht, das alles noch rückgängig zu machen, und sowohl Hladek als auch Grossmann hätten, ganz anders als gestern noch, Verständnis gezeigt, aber die Maschinerie sei schon im Laufen und nicht mehr zu stoppen. Der Vollstrecker (an dieses Wort erinnert sich Martha besonders gut) sei unterwegs, überall könne er lauern, und niemand könne ihn aufhalten. Also müsse Martha weg, weg, weg! In dieser Nacht noch! Keinesfalls dürfe sie sich an die Polizei wenden! Die Polizei könne ihr nicht helfen, niemand könne ihr helfen, wenn sie nicht aus Österreich verschwinde.

Auf einmal hatte Wegner ein Kuvert in der Hand. Am Geld solle es nicht liegen, sagte er, dies solle sie erst einmal nehmen, wenn es nicht genug sei, könne sie auch mehr kriegen. Sie müsse ihre Sommerreise früher antreten als sonst, schon Anfang Juni diesmal, sofort!

Martha weigerte sich, das Kuvert anzunehmen, er steckte es in ihre Jackentasche. Sie meinte, es ihm zurückgegeben zu haben, aber sie fand es, als sie schon oben in der Wohnung war, und öffnete es und fand tatsächlich Geld darin, hunderttausend Schilling, zwanzig Fünftausenderscheine.

Sie erinnerte sich an alles, was Wegner ihr gesagt hatte, ein paarmal noch hatte er sie vor den Folgen einer Anzeige bei der Polizei gewarnt, fast Wort für Wort hätte sie alles wiedergeben können, aber es drang nicht in sie ein; es bedeutete nichts für sie; es war ihr, als hätte sie diese Szene im Fernsehen gesehen oder als hätte es ihr jemand, detailgenau und eindringlich, erzählt; es hatte, auch wenn sie es eigentlich besser wußte, nichts zu tun mit ihrer Person.

Am anderen Morgen glaubte sie, das alles geträumt zu haben, aber das Geld war da. Am Vormittag in der Schule dann nistete sich die Angst in ihr ein und machte sich breit, gern hätte sie sich Beranek anvertraut, aber sie wagte es nicht.

Noch lag über ihrer Angst den Gedanke: Das kann gar nicht sein, das ist nicht wirklich. Als sie zu Mittag aber nach Hause kam, fand sie auf dem Fußboden des Vorzimmer ein Blatt Papier, das anscheinend durch den Briefschlitz eingeworfen worden war. »Fahr endlich los, bevor es zu spät ist!« stand darauf geschrieben. »Du bist in Lebensgefahr, und sie wird von Minute zu Minute größer. Sag niemandem, wohin du fährst. Verbrenn diesen Zettel, wenn du ihn gelesen hast. Ich liebe Dich.«

Ich hab kommen müssen«, sagt Martha Dressler jetzt, »ich hätte nicht gewußt, was ich sonst hätte tun, wohin ich sonst hätte gehen können.«

»Zu uns zu kommen, das war das Vernünftigste, was sie tun konnten«, bestätigt der Major.

Gernot Wegner liegt noch wach in dieser Nacht. Marthas Wagen, davon hat er sich überzeugt, ist weg, und noch hat er nichts von einem Mord gehört. Es hätte, sagt er sich jetzt, diesen Mord wohl auch nie gegeben. Nach sorgfältiger Abwägung aller Argumente ist er zur Überzeugung gekommen, daß Grossmann und Hladek ihm nur eine Lektion haben erteilen wollen und nie im Ernst daran gedacht haben, Martha eliminieren zu lassen. Dabei wäre der Gedanke, objektiv betrachtet, so abwegig nicht gewesen, denn Martha wäre tatsächlich zu einer Gefahr geworden, zu einer tickenden Zeitbombe, wie Hladek es genannt hat. Er selbst habe, sagt Wegner sich, wohl richtig gehandelt, indem er sie trotz der Gefahr, daß sie zur Polizei gehen könnte, gewarnt habe. Das Risiko sei beträchtlich gewesen, überlegt er, aber es sei wert gewesen, es einzugehen. Martha hat sich auf diese Weise selbst aus dem Verkehr gezogen, damit ist die Gefahr, die von ihr ausgegangen ist, gebannt. Er müsse sich, kommt Wegner zum Schluß, nichts vorwerfen, er hat getan, was in seiner Macht stand, er hat wahrscheinlich das Klügste getan, was er hat tun können, und er hofft inständig, daß Martha längst irgendwo im Süden ist. Er fragt sich, wie er mit dem Gedanken einer Ermordung Marthas hätte leben können, und über philosophischen Betrachtungen über den Wert eines Menschenlebens schläft er endlich ein.

Grossmann schläft schon seit ein paar Stunden, aber er wird bald wieder erwachen, das hat freilich (wir wissen es) mit seinen Schlafstörungen zu tun, nichts mit Martha Dressler. Er dreht den Fernseher auf, drückt die Fernbedienung ein paarmal, findet einen Wildwestfilm und zählt, bis es Zeit zum Aufstehen ist, die Indianer, die tot vom Pferd fallen.

Hladek, Wischnewski und Plottecker schlafen ruhig, und sie können auch (wie man so sagt) ruhig schlafen, denn sie haben ebenso wie Wegner und Grossmann nichts zu befürchten, keine Verfolgung, keine Anklage, kaum Belästigung.

Zweifellos wird man Gernot Wegner im Zusammenhang mit Martha Dresslers Ermordung einvernehmen, Details werden aber nie bekannt werden, Folgen wird es nicht geben.

Ungeklärt wird die Frage bleiben, warum Martha Dresslers Aussagen bei der Polizei keinerlei erkennbare Konsequenzen zeitigen werden.

Es wird behauptet werden, der Major, mit dem Martha Dressler gesprochen hat, habe, kaum daß sie das Zimmer verlassen hat, seine Aufzeichnungen vernichtet; dies zu glauben hieße aber, ihn womöglich in Verbindung zu jener Organisation zu bringen, deren Existenz von vielen (mit, wie man hört, guten Argumenten) heftig bezweifelt und in Abrede gestellt wird. (Also wollen wir diese Möglichkeit ausschließen und vergessen, denn man soll sich vor Spekulationen hüten;

wollte man den Major ohne jeden greifbaren Hinweis verdächtigen, müßte man jeden verdächtigen, dies sollte man aber schon aus Gründen des Selbstschutzes vermeiden, man müßte sonst paranoid werden.)

Andere Gerüchte werden davon reden, es sei sehr wohl zu Ermittlungen gegen Wegner, Hladek, Grossmann und einige andere noch (ausgenommen übrigens Wischnewski) gekommen. Es wird ferner behauptet werden, diese Untersuchungen hätten sehr wohl Ergebnisse erbracht, erschreckende Ergebnisse sogar, und dennoch oder eben deshalb habe man sich ganz oben, wie es heißen wird, entschlossen, die Ermittlungen einzustellen, angeblich, so wird gemutmaßt werden, aus der Überlegung heraus, daß der Schaden, der durch ein Aufrollen des Falles in der Öffentlichkeit entstünde, größer sein könnte als der (für viele ohnehin anzweifelbare) Gerechtigkeitsgewinn durch einen Prozeß und ein Urteil. (So fragwürdig diese Theorie auch erscheinen mag, als ein Indiz zu ihren Gunsten ließe sich anführen, daß Wegner, Hladek und Grossmann den Plan eines Giftanschlages auf eine öffentliche Wasserversorgungseinrichtung zwar noch eine Weile diskutieren, aber – weil sie ins Visier der Behörden geraten sind? – dann einfach fallenlassen, jedenfalls nie ausführen werden.)

Martha muß sich erst orientieren, als sie auf die nächtliche Straße hinaustritt, und glaubt sich zu erinnern, daß sie das Auto in der zweiten Querstraße abgestellt hat.

Mittelmeerbilder sind jetzt in ihrem Kopf. Ein venezianisches Bild: Ein Café unter Arkaden, aber die Rundbogen sind oben mit kunstvollen Stoffdraperien und in Säulenhöhe mit Vorhängen verschlossen, die Tische davor noch leer; von den paar Tauben im Vordergrund abgesehen ein lebloses Bild, ein Bühnenbild eine halbe Stunde vor der Vorstellung; einmal tritt dann ein Kellner in weißer Jacke zwischen den Vorhängen hervor, erscheint wie ein Schauspieler auf einer Bühne, erweist sich aber dann bloß als der Inspizient, der ein paar leere Stühle zurechtrückt.

Eine andere Fassade in einer anderen Stadt, darin ein wenigstens drei Meter hohes Fenster, aus dem, lächerlich klein in der linken Ecke, ein Mann herausschaut, rechts von ihm eine übermannshohe, barockumrahmte Marmortafel, die in lateinischer Sprache und schöngeschnittenen römischen Lettern irgendeines bedeutenden Mannes gedenkt; der Mann im Fenster, das Kinn auf die rechte Hand gestützt, wirkt, als sei es seine Aufgabe, den Maßstab für die Monumentalität des Fensters und der Gedenktafel abzugeben.

Martha steht in der ersten Querstraße und blickt sich vorsichtshalber hier schon um, draußen die Reihen der geparkten Autos, drinnen im Kopf aber Orco, das Ungeheuer, im Park des für verrückt angesehenen Prinzen Pier Francesco Orsini in Bomarzo: Ein moosbewachsener riesiger Steinkopf mit leeren, angstrunden Augen, das mannshohe Maul mit nur zwei Zähnen im Oberkiefer zu einem Schreckensschrei geöffnet, eine eingemeißelte und rot eingefärbte Inschrift auf der Oberlippe besagt, Dante abwandelnd: Jeder Gedanke verfliegt. Ein paar Steinstufen führen zum Maul hinauf, darin man einen Tisch und eine Bank aus Stein findet, groß genug für ein Picknick. Je länger Martha den Kopf betrachtet, umso mehr verliert sich der Eindruck von Angst, umso mehr barbarische Wildheit und unmenschliche Wut liest sie hinein. Es heißt, der exaltierte Prinz habe diesen manieristischen »Park der Wunderdinge«, in dem Orco steht, errichten lassen, »um sein Herz zu erleichtern«.

In der zweiten Querstraße, wie vermutet, findet Martha das Auto auf Anhieb, sie wird gleich losfahren, den Rest der Nacht durchfahren und bei Tagesanbruch vielleicht schon in Italien sein. Sie wird im Kanaltal nicht auf der Autobahn fahren, sondern unten auf der Pontebbana, an den breiten weißen Schotterbändern des Talbodens entlang, türkisfarben darin die schmalen Rinnsale der Fella. Sie freut sich auf die erste Platanenallee, sie freut sich auf den ersten Ölbaum.

Jetzt schließt sie den Wagen auf, und die beiden Schüsse, die sie treffen, einer in den Hinterkopf, einer zwischen die Schultern, die hat, wie sich später herausstellen wird, niemand gehört.

Ihren Mörder wird man lange, aber vergeblich suchen.